弟は躁うつ病

——双極性障害四十年の記録——

著

木内　徹

星和書店

本書は実話をもとにしたフィクションである。

一　狂乱開始（一九七五年〜一九九〇年、龍二・二十歳〜三十五歳）

一九七五年十二月二日――

外は木枯らしが吹いていた。この日はストライキで交通機関が全国的に麻痺《まひ》していた。早暁、まだ星が出ていて真っ暗だった。しかしこの埼玉県の大宮《おおみや》にある三十坪ほどの建て売り一戸建ての二階は一晩中電気が煌々《こうこう》とついていた。

龍二《りゅうじ》は昨晩一睡もせず、そわそわして落ち着かず、つり上がった目はぎらぎらと輝いていた。突然大きな袋に身の回りの物をごそごそと詰め込んだ。

母親の京子《きょうこ》はその音で目が覚めた。

「龍二、こんな朝早くから何をしているの？」

「僕はもう大学生になったんだから独立する。だからうちを出ていく。何も言うな」

「なんで……？」

「うるさい。何も言うなって言っただろ」

龍二は荷物を白いトヨタ・パブリカに詰め込むと、京子が止めるのも聞かずにエンジン音を響かせて走り去った。龍二は四月に大学生になったのだから一人暮らしをすると言って出ていったのだ。家族で龍二の行方を捜したが全くわからなかった。この一件が龍二の長い四十年にわたる狂乱の始まりだった。

龍二は高校生のとき、修学旅行に出かけると言って実際には行かず、一日中どこかで暇を潰《つぶ》していたり、その他の些細《ささい》な問題があって高校を四年かけて卒業している以外は、それまでこうした狂乱の兆候はいっさい何も示したことはなかった。多少頑固なところはあったが、いたっておとなしい勉強のよくできる明るい青年だった。

龍二は一九五五年五月二十四日、東京に生まれ、東京のミッション系の有名私立大学付属高校を卒業し一九七五年四月にその大学の英文科に入学し、五月に二十歳となっていた。サッカーが好きで、高校・大学ではサッカークラブに入ってゴールキーパーをしていた。龍二は身長が一七五センチ、がっちりしてやや大柄なほうだ。二歳年上の兄・秀一《しゅういち》は弟の龍二より十センチ背が低くやせていて無口で一徹な性格だ。秀一は大学四年生となり、卒業後は埼玉県の県立高校に教員として採用が決まっていた。この一家は洋裁店を営む四十代後半の母・京子と、同じく四十代後半の父・信雄《のぶお》と、秀一と龍二の四人暮らしだ。京子は、小柄で小太りで社交的な性格で、どこまでもよく通る明るい声の持ち主だ。仕事は洋裁ながら常に和服姿である。信雄は、秀一と背格好が同じで、やはり無口で頑固な性格だ。秋田出身の信雄はまだ東北弁が残っていた。信雄は、膠原病《こうげんびょう》という難病を患い入退院を繰り返すようになり、造園技師として勤めていた小さなテーマパークを退職し、京子が大宮の実家で営む洋裁店を病弱の身ながら手伝っていた。

龍二は、一九七五年の暮れに家を飛び出してから一カ月ほど車の中で寝泊まりしていて、翌年の一九七六年一月七日、母にもらった金も底をつき、錯乱状態になって大宮の実家へ戻ってきた。

龍二は正月らしく和服を着て、どこで知り合ったかはきはきした細身の節子《せつこ》という女性と固く手をつないだまま応接間のソファーに座った。

「お前はお母さんがどれだけ……」

兄の秀一が、両親に心配をかけたことを龍二に向かってなじろうとすると、父親の信雄がもはや叱責《しっせき》には及ばないという仕草で、黙って手を振りながらそれを制止した。

興奮した龍二が大声で叫んだ。

「僕はキリストなんだ。僕は節子と結婚する。車とアパートを用意しろ。家族は相互理解が必要なんだから言われたことを今すぐしろ」上気して顔の上半分は薄暗くなったような表情で、つり上がったぎらぎらした異様な目で母親の京子を睨《にら》みつける。「僕は世界中で一番速く走れるんだ。誰も僕についてこられない」

「そうなの？」

「僕の頭が変になったって言いたいんだろ。そういうお母さんのほうが頭が変なんだぞ。僕のありがたさを見せてやる」

龍二は京子が自宅の一部を仕事場としている洋裁店に入り込んで、アイロンや裁ちバサミなどを床にどさどさっと払い落とした。

京子は泣きながらただおろおろするばかりだった。秀一は何が起こったのか全く理解できず、弟が狂ってしまったと思って奈落の底にたたき落とされたような絶望感を感じた。

節子はいったん自分の家に帰った。龍二はそのあとも夜中に一晩中起きていて、夜が明けると朝早く両親に次々と要求を突きつけて叫び続けた。

京子と信雄は夜中に龍二が襲ってくるのではないかと恐れて眠れないような状態が三週間近くも続いたので、憔悴《しょうすい》しきって、この龍二の狂乱は自分たちの手に負えないと判断し、一月二十八日、とうとう救急車を呼んだ。信雄は東北訛《なま》りが残る抑揚で言った。

「龍二、そんなに毎晩眠れないいんじゃ参っちゃうだろ。とにかくお医者さんに診てもらおう」

「僕はなんともないよ。お父さんのほうが頭が変なんだよ」

「とにかく疲れたんだから休まなきゃ駄目だ」

「やだよ。僕はキリストだ……うわあああ」

龍二は両親との押し問答のすえにやっとのことで一時間近くも外で待っていた救急車に乗った。救急車は大宮の吉田病院という精神病院にかれを連れていって入院させた。凍りつくような寒さのなかだった。これが龍二の最初の入院であった。

この吉田病院では、龍二は初めのうち縄でぐるぐる巻きに縛られておとなしくなるまで竹刀《しない》で叩かれた。そして、この病院内では、他の患者で元・中学校教師が真夜中にタキシードを着て音楽をかけたった一人で指揮を始めたり、別の患者が鉄格子を摑《つか》んで体をゆすりながら犬の鳴き声をあげたりした。興奮がおさまった龍二は天井から梁《はり》が露出しているので、そこに紐《ひも》をかけて自殺しようとした。しかし何も長いものがないのでそのまま翌朝まで寝てしまった。

龍二が入院してから二カ月経った三月中旬、信雄が膠原病《こうげんびょう》の悪化で食事ができなくなって、かなり具合が悪くなっていたので、父に代わって兄の秀一が母の京子と共に吉田病院の龍二を見舞った。受付の窓口で尋ねた。

「こちらでお世話になっている龍二の兄ですが」

「はい……」

そう答えた人は動作が緩慢で、眼はうつろで焦点が定まらず、秀一の質問がよく理解できない様子だった。この病院は患者を職員として使っているのだった。奥からもう一人の職員が出てきて、龍二の病室に案内してくれた。龍二は面会室のパイプ椅子に座ってぐったりしていた。龍二は頬がやせこけ、眼がうつろで、動作がにぶかった。体は左に傾き、両手がわずかに震えていた。

「お前、ちゃんとご飯は食べてるの?」京子が尋ねる。

「ああ……」

それ以上の会話が続かない。秀一と京子は三十分ほどいたが、龍二とほとんど会話という会話ができずに、医師に面談もせず帰ってきた。

龍二は、吉田病院での三カ月あまりの入院ののち、四月六日に退院してきた。外は春とはいえまだ肌寒かった。

龍二はその後この病院に入院させられたことを後々まで恨み、母の京子に対してことあるごとに非難の言葉を浴びせた。


退院後わずか一カ月あまりのちに再び興奮が始まった。五月二十四日は、龍二の二十一回目の誕生日だった。龍二は誕生日パーティーをするのだと言って、家族全員を応接間に集め、自分でバースデーケーキを用意し、そのケーキに蠟燭《ろうそく》を立てて父の信雄に命じた。

「大声でハッピーバースデーを歌え」

父の信雄はやせこけて目がくぼみ、無精ひげが生えていた。食道が癒着し、胃ろうの手術を受け、流動食をチューブから流し込んでいた。もともと人前で決して大声で歌うような人ではなかったが、意を決したように大声をしぼりだした。

「ハッピーバースデートゥーユー」

「もっと大きな声を出せ」

「ハッピーバースデートゥーユー！」

信雄は何を言われても龍二の言うとおりにするほかないと観念していた。

その後、夏から秋にかけて龍二の興奮は自然とおさまり、龍二は無口になり一日中自分の部屋に閉じこもったり、のそのそと食事の時間だけ二階から食堂に下りてきたりしていた。そしてしばらく大学に休み休み通っていた。

その年の暮れ、にぎやかになった街にジングルベルの音楽が流れはじめる頃——十二月二十日に龍二は再び極度の狂乱状態におちいった。夜中いつまでも起きていて、大音響でステレオをかけ、翌朝早く両親を起こすと喰《く》ってかかった。階段をどたどたと勢いよく何度も上ったり下りたりした。

「僕はイエス・キリストだ。どんなことも言うことを聞け。自分以外の世界中の人間が狂ってるんだ。わあああ」

真っ赤なTシャツを着た龍二は、絶叫し、タンスをひっくり返し、京子のいる仕事場へ入り込んで包丁を洋裁の裁断台に突き立てた。京子は身の危険を感じて寒空のもと裸足で外へ逃げ出した。秀一が信雄に指示されて一一〇番をして警察を呼ぶとすぐに若い巡査が来た。

するとと龍二は急におとなしくなり、巡査と普通の話をした。

「あんたは大学にいってるんだろ」

「そうです」

「おれなんか、高卒だぞ。家族に心配かけちゃ駄目じゃないか」

「わかりました」

翌日、龍二は両親に付き添われて、龍二が通う大学の付属の、東武東上線成増《なります》駅近くにある相《そう》和《わ》病院に入院した。龍二の人生で二度目の入院だった。

それから一カ月ほどして、一九七七年一月下旬、埼玉県の高校教師になっていた秀一は母の京子と一緒に龍二の入院する相和病院へ見舞いにいった。

龍二の病室は鍵の掛かった重い二重扉の中だった。やせて体が傾いた龍二はうつむいたままそろそろ歩いて病室から出てきた。京子は龍二に話しかけた。

「お前のことではずいぶん心配したんだよ」

「ああ……」

「眠そうだけど大丈夫なの？」

「うん……」

龍二はかなり強い薬を飲まされているせいか、朦朧《もうろう》とした状態だった。

面会が終わると秀一は京子と一緒に医師の面談を受けた。

「龍二君は入院したときと比べてもうだいぶ落ち着いています」

「弟はどうしてあのように突然暴れだしたりするのでしょうか。どうすれば治るんでしょうか」

「わかりませんね。強いて言えば、龍二君の病名は自立困難症といいます」

秀一と京子は聞いたこともない病名に釈然としないまま病院を出た。

三カ月の入院で落ち着いてきた龍二は、四月二十三日、病院から外泊許可をもらって家に一時的に帰ってきた。秀一は弟に対してどのような態度を取っていいか皆目わからなかった。
そして龍二はその一週間後の四月二十九日に退院してきた。秀一は龍二に対する憎しみだけが募っていた。顔を合わせても二人はいっさい口をきかなかった。

それから約二カ月後の六月二十五日、埼玉県蕨《わらび》市の病院に入院していた信雄が亡くなり、龍二に関する責任は兄である秀一の両肩に一気にのしかかってきた。

秀一はその年の十月三十日に、報道である事件を知り、ひとごとに思えなかった。有名進学校の生徒だった高校生の息子が家庭内で暴れ続けるので、行く末は犯罪者になると考えた父親が、その息子を殴り殺したとされる事件だった。まさに秀一の一家に起きている危機と同じだった。

翌年の一九七八年四月に龍二は大学四年生となり、一年間ほどは静かに大学へ通って単位もある程度取得し卒業の見込みが立っていたが、四月十九日、龍二の様子が再びおかしくなった。これ以降、毎年、春先になると龍二の狂乱が始まるようになった。龍二は相和病院で処方された薬でロレツが回らなくなったといい、舌をだらりと口の右下へ出しながら言った。
「なんらかうまくしゃべれないんらよ（なんだかうまくしゃべれないんだよ）」

このことがあってから、龍二は薬に不信感を持つようになり、相和病院には通院しなくなってしまった。「精神病の患者って、薬漬けになって最後には廃人になるんだよ」というのが龍二の口癖《くちぐせ》となった。

そしてまるで別人となって、夜中に大音響でステレオをかけ、何かと聖書について語りだした。些細《ささい》なことでいちいち両親につっかかり、論理的に矛盾したことを言って、会話にもなにもならなかった。

「お母さんの大きな声を聞いていると頭ががんがんするんだよ。これから僕は好きなことをする。みんな僕を狂人と思っているんだろう。狂っているのは僕じゃない、お前たちだ。うわあああ」

過去二回の狂乱時と同じく、龍二は真っ赤なTシャツを着ていた。


そして五月三日、龍二は父の信雄が使っていたトヨタ・パブリカで埼玉県の西部へ行き、故障したといって乗り捨てた。さらに友達から自動車を借りて、その車で追突事故を起こした。秀一はパブリカを廃車にし、龍二が借りた車については友達に二十万円を支払って弁償した。それから二週間経っても、龍二は依然として狂気の様相を呈していた。細かいことでいちいち母の京子につっかかる。秀一が龍二を非難すると、あいだに入って京子が悲しむ。秀一は仕方なく我慢するが、精神的負担になってくる。京子はどうしていいかわからず呟《つぶや》くばかりだった。

「いやになっちゃうねえ。どうしてこういうことになっちゃうのかねえ」

「そんな泣き言を言ったってしょうがないじゃないか。これからどうしたらいいか、それを考えなきゃ」

「こういうときにお父さんがいたらねえ」

「そんなことを言ったって始まらないよ」

五月三十日、龍二は今度は福島県の郡山《こおりやま》へ行くと言って出ていったが、その後、家に戻ってきて興奮はいつの間にかおさまった。これ以降、自動車は龍二にとっても家族にとっても百害あって一利無し、と秀一は判断して、それ以降、二度と自動車を買うことはできなくなった。

その年の十月二十日、龍二の調子がまたおかしくなった。京子を意図的に心配させるようなことを言いはじめた。

「僕はこれから好きなことをするから、かまわないでくれよ。家族は相互理解が必要なんだ。食事中には会話しなきゃいけないんだからテレビをつけるなよ。お母さんは、黙って僕の話を聞け」

「そんなことを言っても……」

「いいから黙って僕の話を聞け。お母さんは一言も口をきくな」

龍二は目がつり上がり、顔全体が紅潮しながらも顔の上半分が薄暗くなったような表情をしている。興奮状態になるといつも判を押したように同じような言動をとる。黄色や赤といった原色のTシャツを着るのもその一つだ。京子が仕事場で洋裁の仕事をしようとすると、そのすぐ横にある固定電話を使ってあちこちに長々と電話をかけ、京子の洋裁の仕事を妨害するのもお決まりのパターンだ――まだ携帯電話のない時代のことである――。そして京子が龍二に少し小遣いをやると龍二は飛び出していっていつまでも帰ってこないのだった。

同じような状態が続いたので、十二月二十一日、秀一は黙っていることができず、龍二と議論した。

「お前は有言不実行で、理屈が通らないし、好き勝手に金を使って、これはやっちゃいけないという簡単なことが理解できないじゃないか」

「僕は家族のことを思って自分の好きなことをしているんだ。僕が精神病院に入ったのは家族のせいだから、僕は好きなことをする。僕がどんなに苦しんでいるかわからないだろう」

理屈にもならない応酬が二人の間に続いた。龍二は泣きながら、大声で怒鳴った。

「僕はイエス・キリストだ。家族というものはどんなときでも仲良く談話しなければいけないんだ。うわあああ」

京子は、一九七九年三月十四日に、龍二の通う大学の先生から卒業に関して話があるとのことで大学に呼び出された。龍二を担当する先生は、京子に言った。

「龍二君の受けた私の卒業必修科目の試験は二〇点でしたが、答案の欄外に書いてある文章は、世迷《よま》い言《ごと》ながら立派な文章ですから、なんとか卒業させてあげたいものです」

龍二の書いた文章はわけのわからないことだったが、先生はあまり使われなくなった「世迷い言」という遠慮がちな言葉で表現した。その八日後、大学から連絡があり、龍二が大学を卒業できることになった。三月二十四日、龍二は大学四年間、入退院を繰り返してろくに授業にも出ていないのにお情けでかろうじて卒業できたのだ。京子の口癖《くちぐせ》は、秀一と龍二が幼いうちから、「あたしの夢は石にかじりついても息子二人、大学を出すことだからね」だったが、五十一歳となった京子はこれでその夢が叶ったにもかかわらず、手放しでは喜べない様子だった。

龍二は大学卒業後、就職もせずにぶらぶらしていたが、しばらくおとなしかったので、京子も狂乱よりはましだと思って放置しておいた。そして龍二の狂乱はもう治ったのかとさえ思えた。おとなしくなった龍二は普通の会話もできるし、昔のままの静かで物わかりのいい青年に戻った。

ところがその年の十一月二十五日、龍二は再び興奮状態になり、些細《ささい》なことで怒りだし、自分の部屋の壁を蹴って大きな穴を開けた。十二月九日、龍二はまたもや一人暮らしをすると言ってトラックに荷物を積んで横浜のアパートに引越しした。母の京子は龍二に脅されるようにしてアパートの敷金と礼金、引越しの費用を払った。

その後、龍二は翌年の一九八〇年から一九八一年の夏までアルバイトをしながら特に何事もなく一年以上一人暮らしをしていた。しかしその年の七月四日に、龍二がひきつけを起こしたという連絡が京子のもとに入った。京子はすぐ龍二のアパートに駆けつけて、近くの横浜病院で龍二の脳波を取って調べてもらった。

その二カ月後の九月九日、龍二は一人暮らしに失敗して結局は大宮の実家に戻ってきた。龍二は二十六歳になっていた。それから一九八二年の暮れまでアルバイトをしながら大宮の実家で過ごした。一九八三年に、高校教師から大学教員に職を移っていた兄の秀一は三十歳になり、幼稚園教員の早苗《さなえ》と結婚し、秀一、早苗、京子、龍二の四人が大宮の実家に暮らすこととなった。

龍二はミッション系の高校と大学に通ったため、洗礼を受けてクリスチャンとなりイザイアという洗礼名をもらっていた。そこで龍二はキリスト教の力を借りて、自分の狂気とも病気ともつかない得体の知れないものを治そうとして、一九八三年から八四年まで、環境を劇的に変化させると治るのではないかと、教会のつてをたどって北海道の教会に住み込みで酪農農家のアルバイトをした。しかし、そこでもやがて錯乱状態になって周囲と取り返しのつかないような揉《も》め事を起こし、誰ともうまくいかなくなり大宮の実家へ舞い戻ってきてしまった。実家へ戻った龍二は心機一転、京子の洋裁店を手伝うことになった。

その頃、兄の秀一は、丸山《まるやま》女史がアメリカで心理分析学カウンセラーとして博士号を取得して東京の吉祥寺《きちじょうじ》に開いたという施設「ゴーイングハウス」のことを耳にした。宗教も病院も治せなかった龍二の病気を、どうにかしてその施設で治してもらおうと思った。

一九八五年八月十日、秀一は龍二の狂気が治るのならどのようなことでも試してみようと、藁《わら》をも摑《つか》む思いで龍二を施設ゴーイングハウスに行かせた。世間は日航ジャンボ機墜落事故で騒然とし、頭上を行くヘリコプターの爆音がいつまでも途絶えなかった。

秀一はこの施設でセラピストの丸山女史と話してこの組織の説明を詳しく聞いた。がらんとした相談室にはテーブルだけがあって、その上に相談者が泣いたときのためにティッシュボックスが一つだけ置いてあった。

「この施設はどのような精神的な病気でも治せるんですか」

「どのような、とは言えないかもしれませんが、ほとんどの精神的な病を治すことができます」

「どういう方法で治すんですか」

「同じような病気を持った人たちと一緒に共同生活をしながら、同じ悩みを打ち明けて、私たちのカウンセリングを受けながら自分の心を少しずつ解放していくんです。龍二さんは病気ではありません」

「龍二は発病から十年経ってもう三十歳にもなるんですが、まだろくに働くこともできないのは、間違いなく病気だと考えていました」

「いいえ、龍二さんは病気ではありません。私のカウンセリングで治せるものです」

龍二はこの施設ゴーイングハウスで、自分の病気が治るのならと、そこでしばらくカウンセリングを受けた。丸山女史がこのカウンセリングは母親と子供が一緒に受けなければならないと言うので、京子も龍二と一緒にカウンセリングを受けはじめた。龍二はこの施設に行き心境の変化があったのか、洋裁をやめて牧師になると言いだした。一時間のカウンセリングで一万円という高額なものだったが、龍二が治るのならと、京子は龍二と一緒に何度もカウンセリングを受け、高額な料金を工面して支払った。

カウンセリングを受けて三カ月ほど経過し、年が明けて一九八六年一月十一日、秀一がゴーイングハウスに行くと、丸山女史は言った。

「ハレルヤと叫びたいほど素晴らしいことが起きたんですよ」

秀一は何事かと思った。母の京子がハイアー・パワー（より高度な力）によって息子の龍二に対して、「お前は他人だ」と言ったという。丸山女史は、母親の臍《へそ》の緒《お》が龍二にまとわりついていて、それが原因で龍二は独り立ちできないでいたが、これで京子と龍二の臍の緒が切れたと言った。そして龍二をさらに更生させるためにと言って、これまでのように通いでカウンセリングを受けるのではなく、費用が三カ月で百万円かかるゴーイングハウスに住み込みの治療プログラムを勧めてきた。こうして、三月二十八日、龍二はゴーイングハウスで生活してみることになった。秀一と京子は高額の費用がかかっても、龍二が治るのなら安いものだと思って二人で工面して支払った。

ところが、四月九日、入居からわずか十日ほどでゴーイングハウスから電話があった。

「すぐに龍二さんを引き取ってくれませんか」

京子はそれを聞いて心臓が苦しくなった。龍二は入居直後に再び興奮状態となって周囲の人々に迷惑をかけたのだ。この施設で暮らす若者と取り返しのつかないほどの喧嘩《けんか》をし、もうそこには置いておけないという。それでも、京子はここで龍二を家で引き受けてしまったら元も子もないと、「うちでは引き取れない」と答えた。

興奮状態の龍二も、実家などには戻らないと強がりを言って荷物を持ってゴーイングハウスを出ていった。

しばらくすると、京子に川崎の警察から、浮浪者のようになった龍二を保護しているという連絡があったが、京子は警察に対しても引き取りを拒否した。龍二はゴーイングハウスへ帰りたいと言ったが、丸山女史はもう少し様子を見てからだと言った。結局、丸山女史の知り合いが牧師をしている横浜教会に住み込みで小間使いのような立場で働くことになった。

それから一年間はこの教会で働いていたが、一九八七年四月、龍二はこの横浜教会でも狂乱状態になって教会の公金を使い込み、無断で外出し、教会の電話で女性に電話をかけまくり、仕事を何もしなくなった。しかし、龍二はしばらくすると落ち着いて、そこの温情ある牧師のおかげで生活保護をもらえるようになり、この横浜教会に引き続き住み込みで働かせてもらえることになった。

　それから一九八八年暮れまでの一年半あまり、横浜教会に居候していた龍二は落ち着いて働いていた。一方、秀一には、一九八六年の五月には娘の裕美《ひろみ》、一九八七年の十二月には息子の達也《たつや》が生まれ、家族が増えていた。秀一は、母と妻と子供二人の五人で暮らしていた家にもやっと平和が訪れたという実感がした。秀一にとって、二年近くも平穏無事な生活が続いていた。秀一は龍二に対して、今では感謝の気持ちすら湧いていた。かれがいなければこれほど深い精神生活を送ることはできなかっただろう。我が家が家族全員揃ってこのように一家団欒《だんらん》のときを過ごせるのは、龍二の発病以来、おそらく初めてなのではないか。ありがたいことだ。本当に神に感謝しなければならない。


　翌年の一九八九年一月、時代が昭和から平成へと変わった。

　龍二は教会を出てマチダという会社に就職すると言いだした。龍二は面接でこの会社に気に入られた。秀一もマチダまで行って、保証人としてそこの社長と会って話した。

「弟は変わった人間ですが、やる気になっていますのでよろしくお願いします」

「そうですか。小さな会社ですから見守っていきましょう、お兄さん」

　七月に、秀一は横浜教会でお世話になったので牧師にもお礼を言いにいった。

「たいへんお世話になりました」

「いえいえ、できることをしただけですよ」

「どこの馬の骨ともわからない人間を引き取っていただいただけでなく、弟がどれだけご迷惑をおかけしたかわかりません」

「このような人はどこにでもいるものですよ。お兄さんはご自分の身近にいる困った人を助けてあげてください」


九月になって、龍二から秀一に電話があった。

「僕は、政子《まさこ》と結婚するかもしれないよ。それからマチダで正式な社員として採用されそうなんだ。だから、生活保護をいずれ自分から打ち切るつもりだよ。自分の力でやっていきたいんだ」

龍二はこの会社で知り合った政子という女性と結婚するという。しかしこれは気分が高揚した状態のときに龍二がいつも口走るたぐいのことなので秀一は不安だった。秀一が横浜教会の牧師に龍二のことを電話で尋ねると、やはりおかしいらしく、かなり高揚しているらしい。高揚すると、女性、金、大きなこと、独立ということをいつも言うのがお決まりのパターンとなっていた。

それから龍二は、一九九〇年の暮れまで、ひきつづき横浜教会に住まわせてもらい、教会の信者と小さなトラブルを起こしながらもなんとかマチダの仮採用社員として働いていた。

二　就職と入信（一九九一年〜一九九三年、龍二・三十六歳〜三十八歳）

一九九一年二月、龍二は興奮状態がひどくなってきた。教会の信者たちに関係修復不可能なほど多大な迷惑をかけ、もう横浜教会には居られなくなってしまい、牧師に紹介してもらった横浜のアパートに移って一人暮らしを始めていた。

当然のことながら正社員としてのマチダ入社もご破算となってしまった。このころから龍二は、十年前の一九八一年夏に教会の牧師にも勧められて一度かかったことがある、横浜病院の精神科に診察を受けにいくようになっていた。龍二が精神科の病院に通院するのは東京の相和病院以来だった。そこで診察をした医師から初めて「躁うつ病」という病名を聞いて、龍二はこの病名を口にするようになっていた。この病気はひどい躁状態とうつ状態を交互に繰り返すのだという。

五月になっていったん躁状態を脱すると、龍二は全く普通の人と変わらなかった。龍二はもとから薬に不信感があって、普通に戻ると、半年ほど通院していた横浜病院にも行かず、薬も飲まなくなった。躁のときの問題は龍二本人も自覚していた。龍二は秀一に電話で告げた。

「こんなことじゃ、僕は次々に相手に迷惑をかけて世界をますます狭めるばっかりだから、これからは躁になりそうになったらすぐ医者に相談するとか、誰かに相談するとかしなきゃいけないな。これからは気をつけるよ」

秀一は龍二が躁にならないように自分でコントロールできるようになることを期待した。そして龍二は横浜教会の牧師から紹介された授産施設で働くようになった。龍二は躁にならないようにと自分でコントロールしようとしていた。秀一もこのままなら無理しなければ躁にならないかもしれないと期待した。

その年の五月六日、龍二は横浜教会の牧師からキリスト教の集会で自分の体験を講演してくれと頼まれ、秀一もそれを聴きにいった。龍二の講演は全体的に非常にまとまりのあるいい話だった。

「僕の病名は躁うつ病といって、なんでもないときにはいいんですが、ある日突然自分でコントロールできない躁状態、つまりひどい興奮状態になっちゃうんです。初めて病気になって埼玉県の大宮にある吉田病院という精神病院に入院したのはまだ二十歳のときだったんですけど、いったんそうなるとどこにいてもまわりの人と取り返しのつかないような喧嘩《けんか》をしてしまうし、そこへもう二度と戻れないようなことになってしまうんですよ。それをもうこれまで何度も繰り返しています。

そのようななか横浜教会の牧師さんと出会って、小間使いとして教会で働かせてもらったんですけど、やっぱりある日突然躁状態になってしまって、教会の信者の方たちにひどいことをしてしまったんです。それでも牧師さんは僕を見捨てないで、そのあとも何かと世話をしてくれました。牧師さんは自分自身も体が弱くていつも病気がちなんですけど、こんな僕の世話をしてくれました」

教会の信者たちもこの講演はよかったとしきりに龍二を褒《ほ》めてくれた。

その年の九月、秀一は、妻の早苗と、五歳の裕美と四歳の達也と、母の京子を連れて一家五人で旅行をしようと計画した。龍二は横浜のアパートで一人暮らしをしていて、時折、大宮の実家に戻ってきていたが、ややこしいことになるので、龍二にはもちろんその旅行のことは内緒にしていた。しかし、いざ旅行に出発するというその日になって、龍二が突然、大宮の実家にやって来て家に上がり込んでしまった。しかもかなりの躁状態になっていた。躁状態になると異常に勘が働いて、家族がどのような行動を取るか不思議と察知してしまう。

旅行に出かけることを隠しておくわけにもいかないので、京子が龍二に言った。

「これからみんなで旅行に出かけるところなんだよ」

龍二は京子の仕事場にある裁断台に座り込んで動かなくなった。

「僕は自分の好きなことをしたいようにする。ここは自分の家なんだから自分のしたいようにする権利があるんだからな。みんなが出ていったあと、家の中がどうなっても知らないよ。家に火をつけるからな。早く行けよ。お母さんは僕に何も言うな。一言も話しかけるな」

これから鍵を掛けて一家で出かけようとしているのに、気持ちを逆なでするかのように龍二は出ていこうとしない。

さらに龍二は風呂場に入ってシャワーを浴びはじめたのである。秀一は逆上した。この「逆上」という言葉にふさわしい感情を生まれて初めて感じた気がした。秀一はシャワーを浴びている龍二を思いきり浴室の外へ引きずり出し、あらん限りの大声を出して怒鳴った。

「これだけお前のことを心配してお金もかけて病気を治そうと協力してやっているのに、それでもお前はこんな仕打ちをするのか」

龍二はさすがにたじたじとなって、秀一はそれでもどうしても自分の感情を止めることができず、裸の龍二の左頬を拳《こぶし》で殴った。このとき、秀一はなぜか聖書の兄弟殺しの逸話を頭に思い描きながら、意外に自分を冷静に、しかも客観的に見ながら龍二を殴っていた。

そのうち龍二は秀一の剣幕《けんまく》に押されたのか、「出ていきゃいいんだろ」と捨てゼリフを残して服を着ると走って家を出ていった。秀一は龍二が逃げていくのを追いかけたが追いつかない。「なんだ、それでも走ってるつもりかよ。ばーか」と言いながら龍二は逃げていく。秀一は道端の小石を摑《つか》んで龍二に向かって思いきり投げつけたが全く当たらなかった。秀一は今まで人を殴るという行為は恥ずかしいものだと思って、他人に暴力をふるったことはなかった。しかし自分の意思ではなく、何か大きな力が秀一を動かすかのようであった。

そのあとやっと一家で旅行に出かけられたが、少しも楽しい雰囲気ではなかった。

京子は旅行中に秀一に言った。

「お前には父親の役目を引き受けてもらって申し訳ないよ」

「でもこれは誰の役目ということじゃないよ。今まで僕が龍二と言い争いしたとき、龍二の病気に対してじゅうぶんなことをしてやっていないいんじゃないかっていう後ろめたさがあったんだよね。でも今回はもうそれはなくなった。じゅうぶんに龍二の心配をして、金銭的にも体力的にも龍二に対してはじゅうぶんなほど協力をしてきたんだよ。それなのに、龍二があんな妨害する態度をとって、病気だからって許されるものじゃないよ。あんなことが許されるんだったら、世の中に犯罪と呼ばれるものはなくなっちゃうよ」

旅行から帰って九月九日、龍二が三十万円の金を京子の財布から盗んで、そのうえダイヤルQ2で二十万円も使っていたことが判明した。その支払いが滞《とどこお》っているので横浜の龍二のアパートにある電話は止められていた。盗んだ三十万円はすでに使い込んで一文無しの龍二の代わりに、秀一はなけなしの給料から仕方なくその料金を支払った。このようなことが繰り返し起こり、秀一も京子も龍二のことはもうどうしていいかわからなくなった。いくら努力しても金ばかりかかってどうにもならない。

「お母さん、いっそのこと、もう龍二を本当に他人にしちゃおうか。戸籍を抜いちゃおうか。そうすればもう何も心配することはないんじゃないかな。死んだ人間として諦めようよ」

「お前、そんなことできるわけがないだろ。あれでも龍二はあたしにとってはおなかを痛めた大事な子供なんだから。あたしには親の責任があるんだよ。籍を抜いて他人になったところで親子の縁は切れないよ」

「じゃあ、龍二には何も言わないで一家でどこかへ引越ししちゃおう」

「あたしの洋裁の仕事だってあるし、そんなことは簡単にできないよ」

「それじゃあ、これからもまた龍二の躁に耐えなきゃいけないの？」

「あたしにはわからない。どうすれば治るのかねえ」

秀一と京子はいくら相談しても堂々巡りするばかりだった。


そののち、龍二はいつの間にか落ち着いて、十月七日に、横浜から大宮の実家に来て言った。

「クロカワっていう金庫の会社の就職試験を受けて合格したんだよ」

秀一は殴り合いの喧嘩《けんか》や三十万円の盗みやダイヤルQ２のことがあったので気分が悪く、とても龍二と普通に話す気になれなかった。就職が決まったといってもどうせ一カ月ももちやしない。殴り合いの喧嘩をして、無駄な金を湯水のように使ったあとで、それでどんな顔をして実家に来られるというんだ。そんな秀一の気持ちをよそに、龍二は言った。

「これから仕事に使うからワープロを買ってくれないかな」

このころ、まだコンピューターではなく、ワープロ専用機が使われていて、それは高価なものだった。あれだけの仕打ちをしておいてよくもそんなことが言えたものだ。秀一は即座に言った。

「やだよ。自分で買えばいいじゃないか」

秀一は、一時は龍二に感謝の気持ちさえ起きたこともあったが、金銭的な実害を受けるとそういう寛大な気持ちにはもうなれなかった。

その年の暮れになっても、龍二はクロカワ社の社員寮に住んで勤めを続けていた。そしてその後も一向に躁になる様子はなかった。秀一は、今まで生活保護を受けて生活していた精神障害をもった男が、会社員として普通に働けるようになるとは思ってもいなかった。秀一と京子は奇跡を見るような気持ちで見ていた。


年が明けて一九九二年一月三日、龍二が恋人の多加子《たかこ》を連れて大宮の実家へやってきた。龍二は躁にもならず、クロカワ社に勤め続けていた。秀一も京子もまるで狐につままれたようで、自分の頬を抓《つね》りたい心持ちであった。普通の家庭ならこのようなことはごく当たり前の光景なのだろうが、秀一も京子もこれほど安らかな正月を迎えたことはかつてなく、嬉しかった。

秀一は、このようなことがいつまでも続くはずがないと自分に言い聞かせてはみても、このまこうして安穏《あんのん》のうちに過ぎていくのではないかという希望的観測のほうに自然と気持ちが傾いた。

龍二はこのころ、自分の病気を治そうとして、ある新興宗教を信仰するようになり、多加子ともこの宗教団体で知り合った。この団体から、親も一緒に入信しなければ龍二の病気は治らないと言われて、母の京子も藁《わら》にもすがる思いで一緒に入信した。龍二は秀一にその教祖の言葉を真剣に伝えようとした。

「人には普通十人くらい先祖の霊がついているんだよ。何か精神的に問題のある人は、背後に九百人くらいの悪い先祖の霊がついている、その先祖が今までどれだけ人を殺してきたかわからないから、そういう人たちに謝らないと治らないんだよ」

さらに龍二は、こうも言った。

「精神分析学や心理学や精神衛生学では絶対に理解できない、人知を超えた何かが僕の精神には影響を与えているに違いないんだよ。そうとしか考えられないでしょ。医者でさえ病気のことがよくわからないんだから、この新興宗教の教祖様が言う霊魂の世界のこととしてしか説明ができないんだよ。僕自身もどうして今までこんなに苦しんできたのかわからない」

秀一は龍二の病気が治ってくれればなんでもいいと思った。

三月になっても、龍二はおとなしいままで、昔の高校生のときの正常な状態に戻ったようだった。秀一はこの十七年間の躁うつとの格闘は一体なんだったのだろうと思った。悪夢を見ていたのかと思った。

龍二はクロカワ社で仮採用期間を三月三十一日で無事終了し、四月一日から正社員となった。秀一と京子は有頂天になった。これほどめでたいことがあるだろうか。会社員として仮採用期間を超えて勤め続けるということは、龍二にとっては並大抵のことではない。それをクリアしたのである。めでたいというか不思議なことでさえある。

「お母さん、龍二がここまでこられるとはねえ」

「そうだねえ、秀一。なんだか夢を見ているようだよ」

「籍を抜かないでよかったね」

「そんなこと、親としてできやしないよ」

その後、龍二は仕事を順調にこなしていた。龍二の口から「広島に一週間出張してきたよ」などという言葉が聞かれるというのは不思議な気がした。クロカワ社からボーナスも出た。多加子との結婚話も進んでいたが、彼女の母親が猛反対し、父親は頑固な人らしいので一向に埒《らち》があかなかった。

そのようなとき多加子の母親が大宮の実家に半狂乱になって電話をかけてきた。

「うちの子に変なことしないでください。龍二さんみたいなおかしい人と結婚させることなんかできません。もううちの多加子をかまわないでください」

たとえ二人が結婚しても、このような親戚ができるのかと思うと秀一も京子も憂鬱《ゆううつ》だった。もうこの話は壊れてもいいと思った。

その年の夏も終わり秋になってそぞろ寒くなってきた十月初旬に、龍二がまたもや躁になった。

秀一と京子は奈落の底に突き落とされたような気持ちになった。束の間の安穏《あんのん》な生活だった。よく考えてみれば龍二の病気が簡単に治るはずもないのに、秀一と京子は肉親の甘さからか、一年間もクロカワ社に勤めて、そのあいだ何事も起こらなかったから、もう躁にならないと勝手に思いこんでいた。それだけにショックだった。秀一は、久しぶりに龍二に対する憎しみがこみあげてきた。龍二はクロカワ社の社員寮から大宮の実家に戻ってきて食事をした。秀一は、躁になったときの独特の龍二の話しぶりにむかむかした。

「家族は協力していかなくちゃいけないいんだから話し合いが必要なんだ。テレビなんか見ながら食べちゃいけない。そんなの消してよ。お母さんは、僕の話を最後まで聞いてよ。何も言わないで。一言もしゃべらないで。ここは僕の家なんだから好きなことをするからね。いいから、何も言わないでよ」

秀一はこんな愚論に言い返しても意味がないと思って黙って聞いていた。そこに多加子から電話がかかってきて、龍二と多加子の結婚資金として秀一にもらった二十万円を車の中に入れておいたら、盗られてしまったという。龍二がなんらかの形で無駄使いをしてしまったのだろう。このほかに京子から同じく結婚資金としてもらった五十万円も龍二はすでに何か無駄なことに使ってしまった。秀一も京子も、どうせ無駄遣いするとわかっていたのに、結婚資金などといって二人に金を与えたことをひどく後悔した。

十月二十九日にクロカワ社から電話があった。

「龍二さんが無断欠勤しているんですよ。無断欠勤があまりに長いので、もう修復不可能なところまできているんですよね」

やはりついに駄目だったか。今回は京子も大きなショックを受けていた。秀一もまたか、と思って次第に力が抜けてきた。十七年間も悩んで、龍二がやっと一人前になったかと思った矢先、せっかく一年間なんとかクロカワ社に勤め、結婚の準備もしてきたのに、ついにまたすべてが駄目になった。再び地獄が始まった。秀一はだんだんショックが大きくなってきて、すべての不幸が自分にのしかかってきたような感じがした。

龍二は完全に躁になってクロカワの社員寮を追い出され、大宮の実家に戻り、母の京子に金を無心した。結婚するにあたって二人で住めるようなアパートを借りるために秀一から渡されたばかりの百万円は完全に使いきり、会社も辞めたので収入もなくもう一銭も残っていなかった。

龍二だけでなく、多加子もおかしな女だということがわかってきた。龍二と多加子は大宮の実家に二人でやってきては、怒鳴り合いの喧嘩《けんか》をする。

多加子は龍二を指さして、魔物が憑《つ》いたかのようなわめき方をした。

「龍二、お前は悪魔なのだ。お前は私を苦しめているのだ。いいか、お前のような人間は生きる価値がないのだ。そのような人間は私から去っていくべきなのだ」

罵《ののし》られた龍二も、ぐさりとくるような言葉で応酬する。

「多加子、お前のおやじはバカおやじだろ。お前の母親は狂ってる。お前は狂った両親から生まれているんだから、お前のほうが死んだほうがいいな。今すぐここから出ていって電車に飛び込め。お前が目の前にいると気分が悪くなる。多加子、お前のおやじはあんなちびででくのぼうでろくに働きもしないんだから一緒に死んでしまえ」

京子は仮にこのまま二人が結婚して親戚にでもなるとしたら、多加子という悩みが一つ増えるだけでいいことは何もないと思って、「龍二とのことはなかったことにしてもらいたい」と多加子に頼み、多加子も同意した。

その年の暮れ、クロカワ社を解雇された龍二は、次に埼玉県蕨市のイベント会社でアルバイトをするという口実で京子に交通費や食費をせびった。テニスをしたり、革のジャンパーなど高級な服を買ったりして、その挙げ句、金がなくなると京子に金をせびった。そしてまた、京子が多加子に龍二との関係を断つように頼んでいたのに、龍二のほうが多加子に対して電話をしては嫌がらせをするので、いつまでも関係が終わらなかった。

「おい、多加子、お前は僕に金を渡す義務があるんだからな。明日もってこい。今すぐ来い。お前には金を貸してあるんだからな」

それを聞いていて、秀一は龍二にとうとう怒鳴ってしまった。

「馬鹿野郎、多加子さんに電話するな。もうお前とは関係ないということになったんじゃないか」

ところがその年も押し詰まった頃、龍二は躁状態を脱してまるで別人のように普通に戻った。そして今度は京子が洋裁で使っている工業用のミシンで知られるミシン工業社に就職した。龍二は正常に戻ると、スーツを着て、大卒の履歴書をミシン工業社に提出し、面接を受けてすんなり採用されてしまった。秀一は前回の苦い教訓から、これからは龍二に援助などせず、もう二度と無駄金を使うまいと思った。大宮の実家に住んでいた龍二は、就職したおかげで横浜の屏風ヶ浦《びょうぶがうら》にある別のアパートへ引越した。ミシン工業社へ就職してサラリーマン生活を始めた龍二は、時々横浜から大宮の実家に来ては食事をして、秀一に勤務状態を報告したり、京子と夜遅くまで将来のことについて話し込んだりしていた。

それから翌年の一九九三年七月まで、龍二は躁にもならずミシン工業社で元気に勤めていた。秀一はこのころ、ジョシュ・グリーンフェルド著（米谷ふみ子訳）の『わが子ノア』、『依頼人ノア』、『ノアの場所』三部作を一気に読了した。読んでいる間ずっと龍二のことが頭から離れなかった。障害児ノアの兄カールは、秀一と同じ運命を背負って生きている。ノアの父親のジョシュは息子ノアへの愛憎を込めて起こった出来事を書いているのだった。

その年の夏になって、三十八歳になった龍二は再び躁になった。ミシン工業社で同僚と喧嘩《けんか》し、無断欠勤を繰り返して解雇されてしまった。こうして収入のなくなった龍二は横浜のアパートでの生活に困窮し、大宮の実家に戻ってきて、いつまでも横浜のアパートに帰らなくなった。このようなとき、決まって金もないのに、秀一の子供・七歳の裕美と六歳の達也にカーディガンやボールペンなどお土産を買ってくる。子供たちは自分たちが欲しいものではないので、困惑するばかりだった。秀一は親として「叔父さんにありがとうと言いなさい」と言うべきだとは思いつつ、言わせたくもないので黙っているだけだった。達也は人当たりがいい性格なので、龍二は話しやすい達也をつかまえては「叔父さんは頭がおかしいと思うだろう?」などと言うので、秀一の妻・早苗はそれをやきもきして聞いていた。

七月下旬になって、朝から龍二の様子がいよいよ変になった。依然として多加子から大宮の実家にも電話がかかってきて、龍二は多加子と大声で口論していた。そして龍二は今度は長野のホテルで雑用係として働くなどと言った。北海道で酪農農家のアルバイトを始めたときもそうだったが、このようなとき、龍二は決まって空気のいいところへ行くと言いだす。龍二は横浜のアパートに戻ることもなく、大宮の実家でいつまでもだらだらと何もせずに母の京子と些細《ささい》なことで喧嘩《けんか》しながら過ごしていた。龍二は早苗が用意する食事を大量に食べるようになっていた。ご飯を四杯おかわりして、そのうえうどんを食べ、菓子パンを三個、葡萄《ぶどう》、ポテトチップを平らげてしまった。真っ赤なTシャツを着て、テニスをしに出かけた。そして腕に紐《ひも》をぐるぐる巻いてみたり、やたらものを買ってみたり、落ち着かないこと甚《はなは》だしかった。龍二は家の中が息苦しいと言って、実家の家じゅうの窓を開け放った。九月四日、台風一三号が日本を九州から北陸へ縦断し、日本海へ抜けていった。龍二が裕美の部屋の窓を開けっぱなしにして長野へ行ってしまったので、雨が吹き込んで部屋中が水浸しになってしまった。早苗が床を掃除しながら激怒して、もう龍二の夕食を用意したくないと言いだしたが、秀一は病気がそうさせるのだから、となだめたものの、血の繫《つな》がりがない早苗には龍二の狂乱に付き合いきれないのももっともだと秀一は思った。

龍二が長野に行ってわずか二週間後の九月二十二日、秀一に電話がかかってきた。

「ホテルで働くために自動車を買うから保証人になってくれないかな。もうセールスマンが発注してしまったので買わないと困るんだよ」

「ふざけたことを言うな。すぐそのセールスマンに電話を代われ」

電話を代わったセールスマンに秀一は説明した。

「龍二は躁うつ病という病気にかかっているんですよ。お金なんか一銭も持っていないし支払う能力はありません。保証人などとんでもない」

「そうですか。わかりました。それじゃあ、契約は破棄しておきます」

夜になってまた龍二から秀一に電話がかかってきた。

「ホテルでトラブルに巻き込まれたから、ホテルの支配人と話してくれないかな」

「すぐ支配人と代われ。……ああ、支配人さんですか。ご迷惑をおかけしています。龍二は躁うつ病という病気で、まともに働くことができないんですよ。何があったんでしょうか」

「ホテルの従業員に金を借りて返さないんですよ。このホテルで働き始めたんですが、見習いですから給料もまだ出ていません」

「そうですか、お借りしたお金は私が必ずお返しします。龍二にはもう帰ってこいと伝えてください」

龍二が長野に行ったあと、京子が当座の資金として九月初めにかれに五万円を送ったばかりなのにもう金がないのだ。

九月二十四日、龍二が尾羽打ち枯《おはうか》らして長野から帰ってきた。完全に言うことが狂っている。龍二は一気にまくしたてた。

「僕にはどんなこともできる。長野のホテルは僕のことをだましたんだ。あんなところで働くことはできない。横浜のアパートの家賃を何カ月も払っていないからな。お母さん、払っといてよ。あにきに言っても金を送ってくれないから、ツケでCDウォークマンを長野の店で買ったから、お母さん、お金を送って払っとけよな」

こういうときの龍二のエネルギーはすさまじかった。周囲の人間を自分のペースへどんどん巻き込んだ。秀一と京子は夜中の三時まで龍二の話につきあったが、およそ会話になどならなかった。龍二は、日中、テニスに行くといいながらなかなか出かけない。また横浜のアパートに帰るといいながら、結局いつまでも実家に泊まった。とにかく秀一には龍二の一挙手一投足にいらいらさせられることばかりだった。龍二が実家にいると神経が逆立ってどうにもならなかった。一体いつまでこの狂気につきあっていかねばならないのだろうか。秀一は、自分自身はともかく、妻の早苗や、小学生の裕美と達也の将来はどうなるのだろうと暗い気持ちになった。

秀一は、忿懣《ふんまん》やるかたなく、龍二がいないときに京子に龍二のことを批判した。

「あの馬鹿野郎、早く横浜のアパートへ帰ればいいのに。いつまであんなやつにつきあわなきゃいけないんだよ」

「そんなことをお前に言われるとお母さんは嫌になっちゃうよ。お前は家長なんだから諦めちゃいけないよ。世の中にはもっともっとひどい思いをしている家族がいるんだから」

秀一は一時期、「龍二の暴虐は病気がさせるのだ」とか、「龍二が一家の代わりに一人で病気を背負ってくれて病気になっているのだから、感謝しなければいけない」という気持ちにさえなったが、今では龍二に対して憎悪しか感じなかった。


一週間ほど経ち、十月一日、龍二はやっと躁を脱して、平常心を取り戻し、少しずつまともになってきた。今度はうつ状態なのか、動作が極端に緩慢になり、声をかけても返事をせず、実家の自分の部屋で何もしないで寝たり起きたりしていた。そのようなとき多加子からまた実家にいる龍二に電話があった。龍二は秀一に伝えた。

「多加子は、家で喧嘩《けんか》をしたので僕の横浜のアパートに転がり込んでくると言うんだよ。僕はいま邪魔をしないでくれと言ったよ」

秀一は、龍二ひとりでも持て余しているのに、龍二同様の人間がもうひとり家族として増えたらこちらはたまらないと言った。多加子は龍二と一緒に暮らしたとしても、前回のようにまた揉《も》めて、彼女の実家に帰るという結末になることは目に見えていた。

龍二がうつも脱して理性的で口数の少ないおっとりした状態になった。そこで十月三十一日に気分転換に龍二も連れて一家で東京の江戸川区にある葛西臨海公園へ遊びに出かけた。龍二は久しくこのようなことがなかったためか嬉しそうだった。憑《つ》き物が落ちたように静かな普通の龍二になっていた。いつもこのような龍二ならなんの問題もないのだが、まるで狐か悪魔でも憑いたかのように一瞬にして別人のようになってしまう。このようなことが現世で起こるということ自体、秀一は未だに信じられなかった。龍二は今、静かに人の話を何でもよく聞いていた。

龍二の横浜のアパートは、無駄なことに、京子が龍二の代わりに家賃を払い続けていた。年末になって、龍二が長いあいだ留守にしていた横浜のアパートを見にいって、実家に戻ってきて報告したことによると、留守中に荒らされて冷蔵庫などが倒されていたという。秀一は、それは刑事事件としてじゅうぶん訴えるだけのことがあると言ったが、龍二が躁になった夏に暮らしていたあいだのことなのでなんとも訴えようがなかった。秀一が、横浜の警察に電話すると、少し見回りをしてくれるということだった。アパートを荒らした犯人たちの行動には不可解なものがあった。龍二は秀一にこう説明した。

「七月の躁状態のときは変な連中と関わっていたから、その連中が来て家の中を荒らしたんだよ。今になって、躁状態が終わって正常になったとき、僕自身どうしようもないんだよ」

龍二によると、かれらは龍二を脅して気晴らしをしている、そして仲間を連れてきて龍二に対して殴る蹴るの暴行を加えるというのだった。

龍二は今回のことで、躁にはならないように努力すると言うようになった。横浜のアパートを引き払い、大宮の実家の近くにアパートを借り、実家に通って母のもとで洋裁の腕を磨き、洋裁で身を立てていきたいと龍二は言った。龍二がそうしたいと言うのならそうさせるほかなかった。

秀一は、龍二にかかる金はドブに捨てるようなことになるのがわかっているから、二度と払うまいと思っていたのに、性懲《しょうこ》りもなくまた面倒をみることにした。秀一は、龍二のために、横浜のアパートを引き払う手続きをしてやって、住民票も移してすべてやり直させることにした。秀一は、大宮の実家の近くに龍二のためにアパートを見つけ、引越しセンターに頼んで引越しさせることになった。

十二月二十一日、龍二と京子と秀一の三人で横浜のアパートの始末をつけるために出かけた。龍二の住んでいた横浜のアパートの不動産屋へ行き、秀一が事情を話すと、アパートを出るのが急だったので料金のほうは少し割高になると言われたがそれは諦めた。龍二のアパートまで同行する道すがら、不動産屋は、龍二が信じている宗教とは別の、自分の信じている新興宗教の話をとめどなくした。龍二もあれを最初に聞かされて頭が痛くなったと言っていた。アパートに着くまで不動産屋からずっとその話を聞かされ、秀一も頭痛になりそうになった。アパートの部屋は、入口のドアについた小さなガラス窓が割られ、洗濯機が倒されていた。庭に面したガラス窓が割られ、そしてストーブが灯油注ぎ口の蓋《ふた》が開いたまま倒されていて、灯油が全部こぼれていた。いつ火事になっても不思議はない状態だ。家具という家具が倒されている、こんな状態では放っておけない。しかし本人は一文無しなので何もできず、秀一がなんとかするほかなかった。

秀一が、アパートの電話、ガス、水道、電気を、電話で手続きをして全部止めた。龍二にはこのようなこともできないのだ。これでは一人の生活などできるはずもない。今までむしろ自分一人で生活していたのがかえって不思議なくらいだった。そして秀一は割れ物を全部新聞紙にくるんで、さらに今度は龍二がもらってきた段ボールに鍋釜を全部入れた。不動産屋はそのあいだ京子に一生懸命自分の新興宗教を勧めていた。京子は京子で、自分の信じている宗教の話を不動産屋にするのだが、不動産屋は全く聞く耳を持たず、たたみかけるようにして京子に自分の宗教を宣伝した。不動産屋に弁償金として支払った金額は三十万円を超えた。

大宮の実家近くに龍二のために見つけたアパートは立派なもので、かれには相応《ふさわ》しくない、贅《ぜい》沢《たく》すぎると秀一は思った。しかし母親の京子はこれくらいは仕方がないといって龍二のために借りてやることになった。家賃は五万八千円だった。

しかし、二十三日に実家に戻ったあとの龍二の告白により、アパートを荒らされた一件はすべてかれの狂言だったことが判明した。龍二は七月に躁になり、ミシン工業社を解雇されたあと一カ月のあいだ、一人暮らしに行き詰まり、自分で部屋中の家具という家具を引き倒していたのだ。そうすれば母の京子が帰ってこいと言うと思っての猿芝居だった。

三　旅行中の躁転（一九九四年〜二〇〇三年、龍二・三十九歳〜四十八歳）

一九九四年一月、三十九歳になった龍二は実家のすぐ近くのアパートから実家まで毎日通って、落ち着いて母・京子の洋裁を手伝っていた。食事は秀一の妻・早苗が作り、家賃は京子が払うので、日常生活には何の心配もなく、マイペースで仕事をしていた。龍二は朝になるとアパートから実家に来て、一日中京子が個人経営している洋裁店の手伝いをし、昼と夕は早苗が作った料理を食べて、夕刻にはアパートへ帰るという生活をしていた。このまま龍二が躁にさえならなければ京子、秀一、早苗、裕美、達也の五人の生活は万事うまくいくはずだった――。

五月までは何事もなく過ぎた。しかし二十七日、龍二が洋裁のことで京子に怒って大声で怒鳴った。これが躁の兆候だった。

龍二は新興宗教のためか、おかしなことを言うようになった。

「取り憑《つ》かれている先祖が僕の周りに出てきているんだよ」

せっかく今まで京子の洋裁の手伝いがうまくいっていたのに、また躁の様相を呈してきた。これを今まで何度も繰り返してきたのだ。秀一も京子も、龍二はもう躁うつが治ったのではないかと、すぐいい方向に考えてしまうのが肉親の欲目で愚かなことだった。そして龍二はその後少しずつ本格的に躁になってきた。秀一は家で勝手なことばかりを言う龍二のことを考えると、何とも言えない不快感に襲われ、憂鬱《ゆううつ》で家に帰りたくなくなった。秀一が帰宅すると、いつも龍二が京子に怒鳴っている。

「僕がこれだけ苦しんでいるのはお母さんとお父さんのせいだからな」

「龍二、だからどうしろっていうのよ」

「お母さんは黙って僕の言うことを聞いてりゃいいんだよ。僕はこれから自分の好きなようにする」

龍二にはアパートをあてがって、洋裁がやりやすいように龍二用の高価な工業用ミシンを買うなど設備投資をし、三食の心配がないように早苗が健康問題を考慮して食事を作り、ときどきは気分転換に遠出を計画してやっているのに、これで躁になるのならもうこれ以上何もできないと秀一は諦めの気持ちになった。龍二に精神的な圧力をかけないようにすればなんとか躁にならずに暮らしていかれるのだろうかと思ったが、自然発生的に躁になるので安心はできないのだった。

六月十四日に、龍二が頭の中の霊がすっと消えたと報告した。

秀一と京子は龍二がいったん躁を抜け出したと判断し、八月五日、龍二を気分転換のために北海道の家族旅行に連れていった。しかしそれは大きな間違いだった。秀一は、龍二が北海道旅行中ずっと眠れないというので嫌な予感がした。龍二は北海道に着いたとたん躁になってしまったのだ。

出先で躁になるという、最も恐れていたことが起こってしまった。家族全員で登別《のぼりべつ》のホテルに泊まり、翌日レンタカーで再び出発して札幌《さっぽろ》へ向かおうというとき、龍二だけが三十分以上待ってもホテルから出てこなかった。秀一は部屋まで行っていらいらして声を掛けた。

「龍二、早く下りてこい」

「ちょっと待ってよ」

「もうさっきからずっと待っているんだから早くしろ」

秀一は路上に駐車しているので気が気ではなかったが、龍二はせかされても平気で部屋で寝ていた。龍二が躁のときに行う周囲に対する強烈な嫌がらせが始まった。秀一は龍二を北海道旅行などに連れてこなければよかったとひどく後悔した。龍二は、ちょっとした環境の変化で躁になることを秀一は思い知った。龍二の躁をわざわざ作り出してしまった、もう二度と旅行に連れてくるまいと思った。ようやく札幌に着き、谷口《たにぐち》君の家に全員であがってのんびりしていると、龍二はもうどこへも行かないと言いだした。谷口君は、龍二が一九八三年から一年間ほど北海道にいたときできた友人である。

秀一たちはそのまま谷口家にいることもできないので、レンタカーで札幌から滝川《たきがわ》市に向かうことにした。そのレンタカーの中で、龍二は「この旅行は面白くもおかしくもない」と言って旅行中の一家をしらけさせたかと思うと、京子に対して小さなことにやたら突っかかってきた。龍二は完全な躁になっていた。

「お母さん、うるさいなあ、何もしゃべるなよ。お母さんの声を聞いていると頭ががんがんしてくるんだよ」

「ああそうかい、声が大きいのは生まれつきだからしょうがないよ」京子は、意に介さないような受け答えをする。「お前、耳かきを持っていたら貸してくれない？」

「十円で貸すよ、ひとかきしたら十円ね」

龍二は愚にもつかないことを言った。車の中の家族全員がいらだった。秀一は、龍二のこうした躁のときの馬鹿げた物言いに腹を立てて、運転中に道を間違えてしまった。

そのうち龍二は、さらに周囲の人々を怒らせることばかり言うようになってきた。滝川市から札幌に戻って再び谷口君の家に行くと、龍二は谷口君の奥さんにも突っかかるようになった。龍二は躁になると自分より弱い人間を徹底的にいじめる。龍二は谷口君の奥さんに言った。

「朝ご飯にかっぱえびせんしか出せないんだね」

「そうよ、悪かったわね」

「頭が悪い女は料理もできないいんだなあ」

谷口君の奥さんも負けてはいなかった。

「あんたよりは頭悪くないけどね」

「頭だけじゃなくて顔も悪いんだよ。掃除もろくにできない女は死んだほうがいい。よくこんな汚い家に住んでいられるな」

肉親である秀一でさえ不愉快極まりないのだから、他人が平然としてはいられないはずだった。秀一と京子は、わざわざ北海道まで来て谷口君夫妻を不愉快にさせてしまい、申し訳ない気持ちでいっぱいになった。

突然、龍二は京子に言った。

「お母さん、僕はこれから別行動するから。札幌駅から出る帰りの夜行列車のホームで待ち合わせする」

「お前、大丈夫なの？　そのあいだどうするの？」

「いいから、何も言うなよ。金が要る。少し貸してよ」

龍二は金をくれ、と言わずに、貸せと言う。龍二が一人で何をしでかすか不安だったが、秀一は自分と妻と子供たち二人、母の一家五人で観光を楽しもうと頭を切り替えて、龍二の望みどおりに二日後に待ち合わせることにした。一家は札幌を観光したあと、札幌駅に到着してレンタカーを返却し、駅のホームへ向かった。龍二は約束通りの時間に札幌駅に来ていた。龍二は、サングラスをかけ、買ったばかりの真新しい白い麻のスーツを着て、自分の大きな旅行鞄のほかに、京子からもらった金で買った縫いぐるみ、セーター、靴、優佳良織《ゆうからおり》の大きな額など、土産物が山のように入った袋を抱えていた。龍二はこの半年間完全な躁にはならないできたが、ここにきてわざわざ北海道で完全な躁になってしまった。龍二は札幌駅のホームで見知らぬ女性と仲良さそうに会話していた。これも龍二が躁になったときの典型的な症状で、誰彼かまわず女性に近づいて話しかける。

龍二がここから躁状態を抜け出すには最低でも三カ月はかかるだろうと秀一は推測した。これから龍二が家でごろごろして言いたいことを言い、したいことをし、働きもせずに無駄な金を使い、家族をいらだたせる、ありとあらゆる嫌がらせをすることを想像して、秀一は気分が塞《ふさ》いでしまった。

不愉快な北海道旅行から戻ってまもなく、八月十日には亡父の故郷である秋田に秀一の家族全員で行くことになっていたが、躁のままの龍二を連れていくわけにはいかなかった。龍二を連れて一家で行くか、すべてキャンセルするかどちらかだ。どうすべきか迷っているそのとき、龍二が実家にやってきた。黄色いTシャツを着ている。これだけ見てももう完全に取り返しのつかないほど躁になっていることは明らかだった。このようなときは京子が何か言おうとしても、龍二は鋭く察知する。「一緒に秋田へ行くなと言いたいんだろうけど、絶対行くからな」と捨てゼリフを残してまた出ていった。龍二は完全に秋田へ一緒に行くつもりだ。北海道旅行でこりごりしたので、秋田行きは中止にした。躁の龍二を置いて、秀一の一家だけで行くこともできないし、龍二をこのままの状態で連れていくこともできなかった。普通の状態でもいつ躁になるかわからないのに、長距離旅行など無理に決まっている。秀一はもう二度と龍二を遠出に連れ出さないと心に誓った。

その数日後、実家に来た龍二は、目がつり上がり、鋭い目つきをし、完全に躁のときの上気した顔つきになっていた。秀一は龍二に言った。

「秋田行きは中止したよ」

「なんで?」

「行きたくなくなったから」

「僕が一緒に行くのが嫌なんだろ」

すでに北海道旅行前のあのおとなしい龍二はもういなかった。秋田行き中止に対する嫌がらせなのだろうが、龍二は京子の仕事場の窓という窓に、洋裁で残った端切《はぎ》れを垂らしたので、京子が仕事の邪魔になるといって怒った。秀一は京子がいらいらするのを見てさらにいらだった。龍二は相手が最も嫌がることを絶妙なタイミングで行い、人間関係を壊す天才になる。

「どうして窓に布を貼り付けたりするの?」

「お母さんには関係ない。僕がミシンを踏んでると風が入ってくるのが嫌なんだよ。お母さんは僕が狂ってているんだろうけど、僕は大丈夫だから。なんともないから。今年の一月に洋裁の手伝いを始めて、この八月頃に躁で終わるようなことにならないように気をつけてたからね。頭の中がざわざわして、僕に憑《つ》いている霊が絶妙のタイミングで僕の仕事を駄目にさせようとするからなんとかしてるんだよ。僕はもう治ったから」

そう龍二は言ったが、実際の行動はというと、やたらに物を買って誰かにあげるという躁の特徴が現れていた。秀一の小学生の子供たちにお土産だといって、ギターを立てかけるスタンドや文鎮《ぶんちん》を与えた。欲しくもないものをもらった子供たちは当惑していた。朝早く起きてランニングするというのも龍二の躁の特徴だった。友達とサッカーをするといっては朝早くユニフォームを着て出かけ、夜遅くまで帰ってこない。そのうえテニスをするといって、テニスの格好をして、何度も忘れ物をしたといって実家に戻ってきては出かけ、その行動はビデオで倍速のスピードで見ているような勢いがある。大きな音でドアを開け閉めし、走るように家の中を大きな足音をたてて歩く。通りすがりの若い女性に誰彼かまわず声をかける。友人をアパートへ連れてきては大盤振る舞いする。通信販売で靴、英会話教材、洋服、新聞を申し込む。

そんな折、京子は龍二を誘った。

「龍二、気分転換に、近くの温泉にでも行かない？」

「やだよ」

それを聞いていた秀一が京子に言った。

「お母さん、北海道で失敗したばかりでしょ。龍二には外から刺激を与えちゃ駄目なんだよ」

「でも、龍二がかわいそうだよ」

「かわいそうなのは、龍二以外のみんなじゃないか」

秀一はそんなことで龍二の躁がおさまるはずはないとわかっていたが、どうすれば躁が治るかなどわからなかった。

そんな秀一の不安を尻目に龍二は京子からもらった金を頭金にしてオートバイを月賦で買ってきてしまった。秀一も京子も、龍二が興奮状態でオートバイで疾駆《しっく》すると思うと、また心配の種が増えた。その後、京子は長い間このオートバイの月賦を肩代わりすることになった。


九月四日には、京子と龍二は、二人が一九九二年に同時に入信して信仰しはじめた新興宗教の講演会があるということで仙台に行った。龍二には外部からの刺激がよくないと秀一が言っても京子はこれで龍二の病気が治るのだと言って聞かず、龍二の躁は今も依然として続いているのに連れていったのだったが、なんとか仙台では龍二の病気に理解がある宗教の仲間に支えられて、無事旅行から帰ってきた。

龍二は実家のすぐ近くのアパートに住んでいるが、躁状態になると京子から金をもらうとき以外は一切実家に近づかなくなる。そのうち外出先の龍二から京子に電話がかかってきた。

「お母さん、クレジットカードを作りたいから保証人になってよ」

「駄目よ、収入もないし、返済能力もないお前が、どうやって月賦払いができる？」

「あ、そう。じゃあいいよ」

家に寄りつかなくなっていた龍二が夜になって突然やってきて、秀一の息子・達也に銀製のビール・タンブラーや扇子など子供が決して欲しいとは言わない妙な物を持ってきて突然帰ってしまった。龍二は真っ赤なTシャツを着て、目はつり上がり、まさに狂人の顔をしていた。それでも京子は龍二が金をせびりに来るたびに少しずつ金をやった。

「お母さんもお金がなくなってきたからね。大事に使ってよ」

「わかったよ、うるさいな」

そのとき、龍二のアパートの大家から京子に電話がかかってきた。

「お宅の龍二さんですけど、アパートの隣の玄関前にバイクを置いて、車が出せないんですよ。なんとかしてもらえませんか」

「あら、どうも申し訳ありません。龍二には言っておきます」

京子に頼まれて秀一が龍二のアパートの隣家に謝罪に行った。秀一はこれまで龍二のことでどれだけ他人に謝罪しただろうか、と思った。

十月二十三日、秀一がテレビ番組『知ってるつもり?!』を見ていたら中村八大《なかむらはちだい》の生涯をやっていて、かれは龍二と同じ躁うつ病だったことを知った。先週のこの番組は、アメリカの女優ビビアン・リーで、彼女も躁うつ病だったので、躁うつ病の人がこれで二週間連続で続いたことになる。秀一は躁うつ病というのは珍しい病気ではないのだと知った。秀一は、中村八大やビビアン・リーの家族がどれだけつらい思いをしただろうかと想像した。龍二はやがてうつに入っていきおとなしくなった。躁のときの波が最高潮に達した反動はひどく、アパートから一歩も外へ出なくなった。カーテンを閉め切って部屋を真っ暗にし、二日間も寝たままになる。起き出してきては冷蔵庫にあるものを食べて、またそのまま二日間も寝たままになる。

しかし、十一月に龍二はまたもや躁になった。今度は早苗が龍二の態度に我慢できなくなった。龍二は勝手に実家のトイレの蓋《ふた》に「きれいに使いましょう」と書いた貼り紙をした。玄関には「ここから入らないでください」と、裏口には「挨拶《あいさつ》をしましょう」と、それぞれ書いた貼り紙をした。なんて恥ずかしいのと言いながら早苗がその貼り紙を剝《は》がしてまわった。秀一は早苗に相手は病気だから我慢すべきだと言ってなだめた。その後、龍二はその年の暮れになってなぜか短期間で落ち着いた。

年が明けて一九九五年になり、龍二は落ち着いて京子の洋裁の手伝いをしていた。秀一はこのまま続いてくれればいいが、と祈るような気持ちでいた。

ところが四月八日になって、龍二はこう言った。

「頭の中で大勢の人が騒いでいるんだよ」

そして龍二は洋裁の仕事ができなくなった。龍二は今年の初めのうち四カ月は順調に毎日アパートから実家の母親の仕事場に来て、母親の洋裁の仕事を手伝い、早苗が用意する昼食を食べて、仕事が終わると夕食を食べて帰るという生活を繰り返していたが、次第に実家にこなくなった。実家に寄りつかなくなるのは悪い兆候の一つだった。

それから一カ月以上が過ぎた頃、まだかろうじて正常な判断ができる状態の龍二は、仕事場の京子にこう言った。

「躁になりそうだな。躁うつには一定の周期があって、正常な状態から十カ月と十日で躁転するんだよ。去年の夏は北海道でおかしくなったでしょ。これからひどいことにならないといいけどね。頭の中で大勢の人がざわざわ騒いで、頭の中に炭団《たどん》みたいな熱いものが燃えてくるんだよ。タバコが吸いたくなってくる」

そしてこのあと、龍二は普段は興味を示したこともないジャズダンスを習いだした。また病気の関係で知り合った女性を連れてきた。とうとう躁のスイッチが入ってしまった。まるで別人のように早口でしゃべりわめく。

「お母さん、運動不足になるんだから一緒に公園へ行こう」

「もう六十七にもなって膝《ひざ》が痛いから歩けないよ。そんな、歩いて三十分もかかる公園なんか……」

「いいから僕の言うことを聞いて。膝なんか歩けば治るよ」

無理やり京子を散歩に連れ出したかと思うと、今度はまた、龍二がジャズダンスの練習から帰ってきて、京子と興奮した様子で話している。

「僕はもう病気は自分でなんとか治したよ。僕はもうなんとか踏みこらえた」

「お前はまだ少しおかしいよ」

「お母さんはどうしてひとをそういう変な目で見ようとするんだよ」

「あたしだって洋裁の仕事が忙しいんだから、治ったんだったら少し手伝ってくれてもいいだろ」

「今の僕にはジャズダンスのほうが洋裁より大事なんだから、僕の言うことを聞けよ」

六月になっても龍二の躁はまだ続いていた。今回の躁は、四月に躁転して以来二カ月で非常に長い。龍二が夜中にやってきて、

「お母さん、アパートの鍵がなくなっちゃった。アパートに入れないから鍵を作る金を貸してよ」

京子は嘘とわかっていても仕方なく三万円を渡した。龍二は京子から金が欲しくてありとあらゆる嘘をつく。三万円を渡したところで、焼け石に水だ。どうせおそらく一晩で使いきってしまうだろう。秀一は、泥棒に追い銭とはこのことだと思った。そして龍二は黙って秀一の自転車に乗ってどこかへ行き、置き去りにしてしまった。しばらくすると役所からその持ち主の秀一に、

保管所に自転車を取りにくるようにと葉書で知らせが来た。このあと、同様のことが何度も繰り返され、秀一は役所から葉書が来るたびに保管所に引き取りに行った。

龍二が家に寄りつかないうちは静かでいいが、金がなくなると実家に来て京子に金をせびった。金をもらうまでありとあらゆる嫌がらせをした。秀一は毎日、毎日、それを見ているだけで不愉快になった。京子の財布から金を盗むことまであった。そして龍二は、またもう一台の早苗が乗っていた自転車に乗っていってなくしてしまった。秀一は怒りをどこへぶつけていいかわからなかった。

そのようななか、龍二がサラ金から百万円を借金していることが判明した。龍二はこれまで何度も健康保険証だけでいとも簡単にサラ金から借金した。秀一は、そのたびに何度も返済に走りまわった苦い経験から、龍二がサラ金から金を借りることができないようにする手続きをしに浦《うら》和《わ》まで行った。秀一が貸金業者協会でとったその手続きは、サラ金から五年間は金を借りることができなくなるというものだったが、これはあくまでサラ金業者が自粛する制度だということだった。金融機関によってはどんな人間でも、龍二のような狂人にまで金を貸してしまう。

躁転してから四カ月以上経っても、龍二は相変わらず実家には寄りつかず、誰もいないときに来て食べ物を持っていったり、自分で昼食を作ったりしていた。龍二は階段を大きな足音をたてて何度も上ったり下りたりして、実家の中をばたばたと動きまわった。秀一も京子も早苗も生きた心地がしなかった。龍二は金がなくなると、もらうまで京子に嫌がらせをする。

「お母さん、この家に火をつけてみようかな」

「馬鹿なことを言うんじゃないよ」

「この山のようになった布は燃やすのが大変だよね」

「……」

「この前、オートバイで走ったとき電信柱に激突して死にそうになったんだよ」

「……」

「僕が一人でこんなに苦しんでいるのに何とも思わないのかよ」

龍二は近所に聞こえるような大声を出した。

一体いつになったらこの躁が終わるのだろうかと秀一は思った。


躁転してから五カ月経って、ようやく龍二が少し平常に戻った。龍二は秀一にのろのろとした口調で言った。

「またお母さんの仕事を手伝うよ。半年近くアパートの掃除も何もしなかったから、汚くなってダニがわいたよ。部屋がゴミ屋敷みたいになっちゃった。まだぼんやりして何もできないから、片づけてくれないかな」

こうして、九月下旬、龍二がやっと躁とうつから抜け出して、実家に来て一緒に食事をするようになったのだが、一カ月後、龍二が夕食のときなぜか突然泣きだした。口にご飯をいっぱいに含んだままおいおいと泣いた。家族のうち誰もその理由を問いただしたり、なぐさめようとしたりはしなかった。

年が明けて、一九九六年となり、その正月、龍二は新年には珍しく躁の兆候も一切なく、静かないい正月だった。龍二は躁うつ病になって二十年間、ほぼ毎年年末と年始に躁状態になっていたので、秀一と京子は静かな正月を過ごしたことがほとんどなかった。

しかし、ほっとしたのも束の間、龍二が三月末にまた躁になりそうだと言いだしたので、秀一はがっかりした。龍二は実家に来ても洋裁の手伝いもせず、何もしなくなった。結局二年越しで躁かうつになっていることになる。人生の半分以上は躁とうつを交互に繰り返してきている。翌日、まだ早春で寒いのに龍二は短パンに真っ赤なTシャツで実家に来た。いよいよまた躁が始まった。

四月下旬になって、龍二はいよいよ調子が悪くなってきた。

しかし五月になっても、龍二は躁になる、なる、と言いながらなかなか本格的に躁にはならなかった。このようなとき京子はいつも母親として希望的観測を述べる。

「今回の龍二はいつもとちょっと違うよねえ」

母の溺愛《できあい》に秀一はいらいらしたが、確かに、五月下旬になって龍二は静かになってきた。龍二は秀一に言った。

「ひどくなるかと思ったけど躁が消えたんだよ。今月初めに躁になりそうだったとき、アパートで風呂に入ってたら、部屋の中で、薄い小豆《あずき》色の衣を着た高貴な、オペラの歌声みたいによく通る声の女性が歌っているのが聞こえたんだよ。そうかと思うと、落ち武者のようなぼろぼろの服を着た侍《さむらい》が何人か円陣を組んでぼそぼそ話している声も聞こえた。最初は落ち武者がこの高貴な女性に切々と、泣き声さえも混じらせて訴えていたんだけど、女性がひとときおり落ち武者たちの話を聞いたら、今度は逆に女性が落ち武者を切々と説得したんだよ」

「落ち武者がお前に憑《つ》いている先祖で、高貴な女性が守り神なのかな」

「わからない。それから、ふと思い出したんだけど、僕が初めて入院した大宮の吉田病院があるよね、そのあたりは、僕が小学五年生で十歳の頃、よく友達と一緒に遊びに行ったところだったんだよね。子供の頃、その病院を見て、友達からそれが精神病院だと教えられたときに、何かぞっとした覚えがあるんだよ。それから十年経ってその病院に入院したんだから、あれは予兆だったのかな」

「そんなことがあったのか」

秀一は、今年は龍二の病気が治りかけてきたと期待した。

しかし龍二は八月に様子が少し変になった。龍二は、普段しないような話をしはじめた。「僕は自分がハンチクな人間でないことを証明するんだ」と、いかにも龍二が躁のときに言うセリフを吐いた。「ハンチクな」とは「中途半端な」という意味だが、今や死語と言ってよく、龍二は躁になるとこうした奇妙な言葉を使いはじめる。周囲の人間から見ると龍二はその大言壮語とは裏腹にまさに「ハンチク」な人間そのものであり、見え透いた強がりが滑稽《こっけい》に映るばかりだった。

そのころのある日、京子が洋裁の仕事をしているとき、玄関のチャイムがピンポーンと鳴った。京子が玄関のドアを開けると、二人のネクタイをしない背広姿の男性が立っていた。物腰は柔らかいが一歩も引かない強引な態度だった。京子は二人の男性を見て一目で借金の取り立てに来たことがわかった。

「どちら様ですか」

「〈ゴールド〉から参りました。お宅の息子さんから返済期限を過ぎても入金がないもので」

一人の男が明細書を京子に渡しながらドスのきいたしゃがれ声で言った。明細を見ると龍二が五十万円借りていることがわかった。

「わかりました。明日にでも早速振り込みます」

二人が帰って、その夜、秀一が仕事から帰ってきたとき、京子はすぐに言った。

「今日は怖かったよ。サラ金のゴールドから二人の借金取りが来てね。お前、悪いけど金利がかさまないうちに明日にでも払ってきてよ」

秀一は慌てて翌日すぐにゴールドに借金を振り込んで返済した。

龍二は年末まで京子の洋裁を手伝っていたが、年の暮れにまたおかしくなってきた。京子も秀一も結局、龍二の躁うつという病気はもう生涯治らないのだと観念した。

年が明けて一九九七年となり、龍二がまた完全に躁になった。正月はいつも龍二の躁で秀一の一家が苦しんだ。龍二は眠ることができないという。二カ月経つと躁が自然とおさまり、今度はうつになってふさぎ込み、三カ月もアパートに閉じこもって一歩も外へ出てこなかった。ようやくうつを脱したと思ったら、四月になって龍二がまた躁になった。さらに五月になっても龍二は依然として調子が高い状態だった。

「僕は、うまいコーヒーを自分で煎《い》れるんだ」と言って大騒ぎをして、ろくに働きもしないのに高級なコーヒーの道具を買ってきて、コーヒー豆の袋を持って家の中をどたどたと行ったり来たりした。そんな龍二の話に京子は夜遅くまでつきあっていた。

「僕は家族の犠牲になってこういう病気になっているんだよ。だからみんな僕には感謝しなくちゃいけないんだ」

「秀一だってあたしだってお前には感謝しているよ」

「感謝の気持ちが足りない。吉田病院に入院させたことを土下座して謝れ。金をくれと言ったら、その場ですぐ言われたとおりに金を出せ」

龍二はアロハシャツを着て、目をつり上げて顔を上気させていた。家族がいちいち神経に触るような言動を繰り返した。息苦しいといって家じゅうの窓という窓をがらがら開けたり、テレビの裏側にあるスイッチを切ってテレビをつかなくしたり、京子の洋裁道具であるアイロンの線を抜いたり、きれいにまとめてある糸の束をほぐしてしまったりした。今まで全く家に寄りつかなかったくせに、急になんだかんだと言って京子が金を渡すまで実家にいつまでもいつづけた。京子も七十歳近くなり、思うように働けなくなってきたうえに、洋裁店が注文を思うように取れなくなって収入が激減していた。京子は貯金しておいた一千万円の金を龍二の借金のためにあらかた使い尽くしてしまい、龍二が要求する金を与えることができなくなっていた。龍二は、京子から金がもらえなくなると、洋裁店の仕事場に来て京子の仕事の邪魔をした。

龍二は朝早く秀一の自転車に乗っていき、またどこかへ置き忘れてなくしてしまった。自分のアパートでは一晩中起きていて、早朝に窓を開けっ放しで出ていった。

そのうちとうとう六月になった。龍二は昼間はテニス、サッカー、友人の誕生パーティーなどと目まぐるしく動きまわり、夜になると毎晩京子と口論ばかりしていた。龍二は京子の洋裁の仕事を意図的に邪魔する目的で、京子が仕事で使う固定電話でどこか遠隔地の女性と長々と話をしていた。京子は仕事ができず、また電話代が相当なものになっていた。京子は疲れが出たのか、扁桃腺が腫れて熱が四〇度も出て寝込んだ。京子の枕元に来て、龍二は金を寄越せと迫った。躁の龍二は京子に対して全く同情や思いやりを示さないのが常だった。

そのうち、龍二はいつの間にか実家に全く寄りつかなくなり、京子に龍二の部屋の様子を見てきてくれと頼まれ、秀一は龍二のアパートへ行ってみた。すると部屋の中は再びゴミ屋敷のようになっていた。足の踏み場もないほど物が散乱した部屋に敷いた蒲団《ふとん》から髭《ひげ》ぼうぼうになった亡霊のような龍二が出てきた。龍二は小さな声でもそもそと言った。

「もう何日も食べてないよ。腰痛で歩けない」


それから一カ月ほどして龍二はやっとうつからも脱して正常に戻った。それから数カ月して龍二は、中学時代の同級生で躁うつ病の女性を実家に連れてきた。秀一は、この女性を交えて龍二と話をした。

「あにき、人生はどこでどんなことがあるかわからないから、準備だけはしておかないと。僕の躁うつは自分でコントロールできないのかもしれないな。自分で治すことはできないのかもしれない。病気についてはなかなか結論が出ないけど、本質的なことを考えて行動していればあとから後悔しないよな」

秀一はかなり的確な判断をする龍二を見て、もう本当に躁うつ病が治ったのではないかと思った。これから二度と躁にならなければ、それでかれはもう完治したことになる。龍二は、病気さえなければ常識的な人間なのだと秀一は思った。

翌年の一九九八年の一月になっても、二月になっても、龍二は躁にもうつにもならなかった。これならもうあの恐ろしい躁うつは起こらないのだろうか。それなら本当にこの世の天国なのだが、と秀一は思った。

しかし、夏になって、またしても京子が龍二を旅行に連れ出した。しかも今度は海外だった。秀一の長期出張中に、京子がアメリカ・ラスベガスに嫁《とつ》いでいる京子の妹のところへ龍二を連れていったのだ。以前から京子は龍二をアメリカ旅行へ連れていきたいと願っていた。京子は、大学教員の秀一がしばしば海外に出張するのに、龍二は一度も海外へ行ったことがないのが不憫《ふびん》だと思っていたのだ。龍二は躁になると秀一に対するコンプレックスを剝《む》き出しにして、京子に自分も海外へ行くと言いだすからだ。

龍二は当然のことながらアメリカに到着したとたんに躁転した。外国で躁転するという最悪の事態が起こったのだ。

龍二は、例によって、サングラスをかけて真っ赤なTシャツを着て、目をつり上がらせて上気した顔つきになった。そしてアメリカ旅行中に京子から離れて行方不明になり、立ち入り禁止の区域に入っていって、危うく警官に撃ち殺されそうになった。

やっとのことで、龍二は知人に連れられてサンフランシスコからの帰りの飛行機に乗ったが、京子は龍二のことで憔悴《しょうすい》しきって、胃がねじれるような痛みを感じた。事前に、外部からの刺激で躁転するのだから、龍二を旅行などへ絶対に連れていっては駄目だと秀一に釘を刺されていたのに、京子はまたもや油断し、親の欲目で見通しが甘く、大失敗をしたのだった。

帰国して、九月になっても、龍二は相変わらず躁のまま京子に怒鳴り散らしていた。

しかし年末になって、やっと龍二は静かになってきた。

一九九九年になって、龍二は今度は長いうつに入り、アパートから外に出なくなった。そのあいだ、京子はせっせと龍二のアパートに食事を運んだ。そして三月ごろにやっとうつ状態から抜け出した。しばらくアパートから実家に来て、京子の洋裁を手伝っていた。

そうかと思うと、また五月ごろになって龍二は躁転し、実家に来て一緒に食事をすることがなくなった。

六月のある日、秀一が仕事から帰ってくると、龍二が実家に食事には来ないのに、まるで揉《も》め事を起こすためだけにやってくるかのように実家に上がり込んでいた。龍二と早苗が大きな声で言い争っていた。

「早苗さん、あんたは大事な家族に挨拶《あいさつ》もちゃんとできないのか」

「私は普通にしてるよ。食べにくるかどうかわからないような人に食事を作るばかばかしさもわかってほしい」

「そんなことは関係ない。もっときちんと挨拶しろ。挨拶が人間関係で一番大事なんだぞ」

「そんなことはちゃんと仕事ができるようになってから言うセリフでしょ」

秀一はそのやりとりを聞いていて気が滅入ってきた。早苗も少しずつ龍二の躁うつに関して諦めの境地に入ったようだった。

龍二はそのうち少し落ち着きだし、実家に食事だけはしに来るようになった。しかし、周囲を不愉快にさせるようなことを言うのは相変わらずだった。あるとき龍二が食事のときに、隣に座っていた秀一の十三歳の息子・達也に肘《ひじ》がほんのわずか触れただけで陰険な叱り方をした。

「お前の肘が当たるから食べにくいんだよ。それくらいのことがわからないのかよ。じゃまなやつだな。もう少しそっちに行けよ。お前のせいで飯がまずくなるじゃないか」

早苗が体を硬くしてそれを聞いている。母親というのは自分の子供が理不尽なことで叱られていたら黙っていられるものではない。普通だったら、このようなとき、早苗と龍二のあいだで大《おお》喧嘩《げんか》になってしまっただろうが、早苗は秀一に前に言われたとおり、躁状態になった病人に対してまともに相手をしても仕方ないと、じっと耐えた。龍二は躁状態になると家族を怒らせる天才となる。秀一はこんな不愉快な状態がいつまで続くのかと暗い気持ちになった。


翌年の二〇〇〇年三月になってもまだそんな状態は続き、実家にやってきて食事をした龍二と京子と早苗と秀一の四人で家族同士の挨拶《あいさつ》について激論となり、夕方から夜の十一時まで延々と大声で言い争った。

「早苗さんは僕に挨拶もろくにしない。まともに口をきこうとしないじゃないか」

「龍二、そんなこと言ったって、早苗さんだって一生懸命お前のご飯を作ってくれているんじゃないか」

「お母さんは黙ってて。僕と早苗さんとのことなんだから」

秀一はややこしくなるので言葉を挟むことができずにいた。龍二は母親に盛んに当たっているが、これを黙って聞いているのも秀一にとって辛《つら》いものだった。

龍二は躁転すると朝から実家に来て京子の仕事を手伝うことはせず、日中は友達とサッカーをしたりファミリーレストランで暇を潰《つぶ》したりして、金がなくなると夜遅く実家に来て冷蔵庫にあるものをむさぼり食う。このようなときの龍二は食欲が増して、平常時の倍食べながら愚にもつかないことを言って母親を責め立てた。龍二は持っている金は即座にすべて使ってしまうので、今は文無しになり、京子から金をもらいたいが、生まれつきの小心者でそれをあからさまに言うこともできず、遠回しに金を要求していた。

龍二はいつものように実家に来ると、十四歳になる秀一の娘・裕美にこう言った。

「顔と格好からするとお前は珍獣だな」

これに対して早苗がとうとう爆発した。

「くだらないこと言わないで！」

そのあと、早苗は何も言わずにしくしく泣いていた。自分の娘におかしなことを言われれば親が感情的になるのも無理はなかった。

五月になっても龍二は躁から脱していなかった。ある日、朝から自分のアパートで風呂に入って、秀一の息子・達也をわざわざ電話でアパートまで呼び出して、達也に命じて秀一にこう言わせた。

「いま、龍二叔父さんのアパートに呼ばれて行ってきたんだけど、そこのお風呂についているドアの角に、叔父さんが足をぶつけて怪我《けが》をしたからお父さんに直してほしいんだって」

秀一はかっとなって即座にアパートにいる龍二のところに乗り込んだ。

「そんなこと、達也を使って言わせるな。お前はどうして子供を巻き込むんだ。いい年して働きもしないで、朝風呂に入って勝手なことを言うな」

秀一は言っても仕方がないことを言ってしまったと思った。親は子が絡むと感情的になる。今回の龍二の躁は実に長くて陰惨《いんさん》だった。龍二の言動にいらいらさせられ、家族全員が一触即発の状態になった。

秀一は、気晴らしに東京初台《はつだい》の第二国立劇場で、好きな劇作家ユージン・オニール作『夜への長い旅路』をアメリカの劇団が演じるのを観にいった。芝居に登場する一家のなかで兄は飲んだくれのふしだらな青年、母が麻薬中毒、主人公は結核、父はけちな売れない役者という設定で、女中のキャサリン以外は全員が病んでいる。そのようななかでの家族間の葛藤が描かれる。秀一は自分の家庭と重ね合わせて観た。

その数日後に、実家で家族揃って夕食をとっている最中にふらりと食事をしにきた龍二が裕美に、すぐ食卓につこうとしないのでまた陰険な小言を言った。

「おい、裕美、みんなが食事を始めているのに、どうしてお前だけいつまでもそうやって立っているんだ。うすのろなやつだ」

これを聞いた秀一は耐えかねてとうとう爆発してしまった。

「うるさい。馬鹿野郎！　お前にそんなことを言う資格なんかないだろ」と大きな声でテーブルを叩きながら怒鳴った。

秀一は、もう限界だと思った。このとき、一九七七年に相和病院に入院して以来二十三年ぶりに、龍二が躁状態になったら病院に入院させなければいけない、という考えが秀一の頭の中にぼんやり浮かんだ。龍二が躁状態になったときに、一家でひたすら我慢するという愚かさに秀一はようやく気づいた。

龍二は、その夜遅くまで興奮し、「わーっ」と大きな声で京子に向かって叫んだ。そのようなとき、秀一は無力であった。秀一が龍二を批判すれば、龍二は今度はそれ以上に京子を責めた。秀一は京子の具合が悪くなるのが心配だった。どうしてよいかわからなくなり、秀一自身も病みそうだった。

その年の五月二十四日は龍二の四十五回目の誕生日で、龍二はピザを注文しケーキを買ってきて蠟燭《ろうそく》を立ててお祝いをすると言いだした。これまでも龍二は、誕生日には躁転していることが多く、そういうときは必ず、家族全員で祝えと無理強いした。

龍二はまた勝手に乗っていった秀一の自転車をなくしてしまった。しばらくして役所から放置された自転車の引き取りを求める葉書が届いた。これで五台目だったので、秀一は怒り心頭に発した。しかし、躁状態の人間に何を言っても仕方がないのだ、どうしようもない、と諦めるしかなかった。

六月になって龍二はどうやらやっと少しずつ躁から抜け出して落ち着き、残りの半年は母親の洋裁の手伝いを休み休みやっていた。

翌年二〇〇一年九月になって、このころから龍二は一日に四時間だけ行う郵便配達の短時間職員になって郵便配達の仕事を始めた。

その翌年二〇〇二年になっても龍二は正常だったが、龍二と京子は二言目には自分たちが信仰している新興宗教の話をし、これが秀一には不愉快に思えてならなかった。

そして二〇〇二年三月になって、龍二が実家に食事をしに来なくなった。京子が龍二のアパートに食事を運んでいった。四十七歳にもなった中年の男が、未だに七十四歳の母親に食事を運んでもらうとは情けないと秀一は思った。

そしてとうとう二〇〇二年三月十四日、龍二がまたもや躁転した。二〇〇〇年の六月に落ち着いてから約二年ぶりの躁転だった。ラジカセを買ったり、昼のよろめきドラマのレコードを買っ

てきたりしたことでそれがわかった。食事のときに、京子に些細《ささい》なことで突っかかっていたので
さらにはっきりした。郵便配達の仕事も休職した。

「お母さん、僕がこうしろって言ったらすぐ実行しろ」

「何を……」

「一言もしゃべるな。言われたとおりにすればいいんだよ」


五月になって、貸しビデオ屋から秀一に電話があった。

「至急ビデオを返却してください。八日間、ずっと返却していただいていないので、すでに延滞料が七千二百円になっています。もしすぐお返しいただけないとこれから一日九百円ずつかかります」

秀一はすぐ龍二のアパートから三本のビデオを探し出して返しに行った。その午後、今度は龍二がツーショットダイヤルで六万円も使っていて、ＮＨＫの視聴料も何カ月も滞納していることが判明したので、秀一はこれも払った。

五月二十四日、龍二の四十七回目の誕生日だが、躁になると決まって誕生日パーティーをするのだと言いだす。嫌でたまらないのだが、秀一は京子と早苗を連れて龍二のアパートへ行った。

このころになると秀一の子供たちは中学生になっていたので、龍二の行動には一切関わらなくなっていた。

同病の友人も龍二に誘われてアパートに来ていた。龍二は、過去の三年間、誕生日にはいつも躁の極致になっていた。この友人が夜遅くなって帰ったあと、実家の仕事場から龍二の大きな声が響き渡った。

「僕がこれだけ苦しんでいるのにどうしてわかってくれないんだよ。うわあああ」

龍二が興奮して、京子の仕事場の机の上のものを大きな音をたててがらがらと床に落とした。京子の仕事場はもう修羅場であった。アイロン、鋏《はさみ》、マネキン、物差し、メジャー、型紙、糸、ボタンなど、足の踏み場もないほど洋裁の道具が散乱していた。駆けつけた秀一が龍二を止めようとすると、野球帽を後ろ前に被って真っ赤なTシャツを着た龍二が、かけていたサングラスを半分下げ、ボクシングの構えをしながら、ぞっとするような形相で、「来るなら来い、やるぞ」と叫んだ。秀一が龍二に立ち向かったので、京子が慌てて秀一を止めた。母親にしてみれば息子二人が殴り合うところなど見たいはずはない。

「秀一、やめなさい。いいから、ここはあたしに任せて。お前は自分の部屋に行っていなさい」

秀一はどうしていいかわからなかった。龍二の狂気の馬鹿力にはもとから敵わないのはわかっていたので、その場に立ちつくした。

その後も龍二は大声で、「僕がこうなったのはお母さんのせいだ！」と叫んで、玄関を出たり入ったりした。龍二はさらに、「死んでやる。鍵をなくしたから、アパートに戻れないじゃないか」と表に出てわめいた。京子自身に危害を加えるようなことまではしないようだったが、過去数年間の躁で最悪のものとなった。今まで二十五歳くらいの血気盛んな頃を最後に、こうして暴力をふるったことはなかった。龍二の体力が落ちて手荒なことはしなくなったと秀一は楽観していたが、そうではなかった。

龍二はそのうちふと実家の二階へ上がったかと思うと、いつの間にかその場で寝てしまった。まるでだだっ子の赤ん坊のようだった。秀一と京子はすっかり気持ちが暗くなって、秀一の子供たちも早苗も寝てしまってから、知り合いの内科医に電話をかけて相談した。

「龍二はひどい興奮状態で、母の仕事場をぐちゃぐちゃにしました。どうしたらいいでしょうか」

「家族に危害を加えたり、家に火をつけたりしてはいけないから、病院に入れるか、警察に通報するか、しないといけませんよ」

翌朝、京子は疲れ果てた様子で、ごちゃごちゃになった仕事場を見てため息を吐《つ》いた。

龍二は夕方どこからか帰ってきて、京子に一万円を強要し、友人の送別会に行こうとしていた。

「僕は自分の服装が完璧でないと嫌なんだ。これから背広を買いにいく」

龍二はすでにその送別会に遅れていた。

「僕が遅れたのはお母さんのせいなんだから、今すぐ友達に電話して謝れ」

秀一はこの支離滅裂な話を聞いていて、はらわたが煮えくり返る思いだったがひたすら我慢していた。もし龍二がこれ以上、何か昨日のようにひどいことをしたら、一一〇番してやろうと思った。

秀一は北海道へ出張するはずだったが、この騒動で直前にキャンセルしたため、往復の飛行機代とホテル代が全部無駄になった。しかし今回のことで、もう五十歳を目前にしていた秀一は、自分の人生はなんとしても守る、龍二がどうなろうとその犠牲にはなるまい、自分の人生を無駄にするまい、と決意するに至った。

翌日、秀一は保健所や、龍二が以前にかかっていた相和病院へ電話して相談したが、わかったことは、結局、龍二が暴れたときに止める方法は一一〇番するほかないということだった。

その次の日に、京子が仕事場で誰かと電話で話しているときに、秀一は大きな声がしたような気がして、それが龍二の罵声《ばせい》に聞こえたので、慌てて京子の仕事場のドアを開けたら、それは全く空耳だった。龍二の大きな罵声が秀一の耳の底に残っているので、そのように聞こえたのだ。外で誰かが大声で何か叫んだのかもしれない。それ以来、秀一はそのあと何年ものあいだ、大きな声が聞こえると、全くの他人がどこか外で大声を出しているだけなのに、龍二が叫んでいる声に聞こえるようになった。

三カ月という長い躁のあと六月十六日に、龍二がようやくおとなしくなって夕食を実家で食べた。やっと元に戻ったようだ。秀一は龍二の今回の所業に接して、躁が終わったあともかれを許せない気持ちがいつまでも消えなかった。病人のたわごとだと思ってみても今回はどうしても許せなかった。龍二に対する復讐心さえ湧き起こるほどだった。

それから龍二は、郵便配達の仕事に三カ月の休職ののち復職し、そこから一年近く安定して働いた。


二〇〇三年の春になって龍二がまたおかしくなってきた。夕食を実家で一緒に食べないで、オートバイでどこかへ行き、夜十時くらいまで帰ってこなくなった。また躁が始まったのだ。

四月十日、龍二がいよいよ本格的な躁に入った。秀一は、龍二が春先というと躁になるので、普通の人も木の芽時《こ　めどき》にはそわそわするが、龍二は万物が萌え立つ時期に脳が興奮するのではないかと思った。郵便配達は休職した。

龍二はまた京子に金をせびった。秀一は京子に、三万円を入れた袋を龍二にやってくれと頼まれた。翌日、龍二が朝早くから実家の階段を勢いよく上ったり下りたりしてどたばたしているので、秀一は六時ごろ目が覚めた。京子が仕事場で龍二と大きな声でやりあっていた。

「お母さん、レンタカーを借りたけどまだ延長するから追加料金を払っておけ」

「どこのレンタカーなの？　どこに電話すればいいかわからないよ」

「そんなことは自分で調べて考えろ。僕がこれだけ一人で苦しんでいるのに」

龍二は京子から金をもぎとり、レンタカーを返却もしないでまたその車でどこかへ行ってしまった。

秀一はまたこの地獄のような日々が何カ月も続くかと思うと暗い気持ちになった。京子はすでに七十五歳となり、秀一には現実問題として、京子が寝たきりになった場合や死んだ後のことを考えはじめた。龍二が躁になって金がなくなったら一体誰に無心するようになるのか。

五月十三日、秀一は龍二と外ですれ違ったが、その時の龍二の顔は別人であった。龍二は、一九七八年に相和病院へ、また一九九一年に横浜病院へ、それぞれ短期間通院していたが、そのとき以来精神科には診察を受けにいっていなかった。しかし、このころ、十二年ぶりに自分で見つけた埼玉県久喜《くき》市にあるすずかけ病院に通院するようになっていた。そこで京子がこの病院に行って、龍二担当の医師に対して今回の非常事態の件を詳しく話してきた。秀一と京子はいざとなったら龍二をこの担当医のもとに連れていこうと話し合った。ここから龍二とすずかけ病院との長いつきあいが始まる。

このころ、二人は初めて躁転したときに医者に連れていく、入院させるという考えにはっきり思い至った。秀一は今までどうしてそれに気づかなかったのか不思議だった。

六月二十二日、亡父の法事を行ったが、躁の龍二には内緒であった。しかし例によって龍二は勘づいてしまった。躁になると決まって着る原色の黄色いTシャツに、野球帽を後ろ前に被り、髭《ひげ》を生やしていた。龍二は法事から帰ってきた秀一に尋ねた。

「お父さんの法事でお寺に行ったの？　なんで僕には何も言わなかったの？」

「お前がそんな状態で連れていかれるわけないだろう」

「僕はなんともないよ。おかしいのは世の中の人全員なのに、どうして僕は一緒にお父さんの法事に行かれないんだよ」

龍二はそのあと京子のところへ行って、喰《く》ってかかった。

「お母さん、どうして僕だけ連れていかなかったんだよ」

「お前に連絡しようとしたってどこにいるかわからなかったじゃないか」

「どんなことをしても探し出して知らせるべきだっただろ」

「お前なんかどこにいるかわかりゃしないよ」


それからしばらく経った七月三日、龍二がなにやらまた馬鹿げたことをしはじめた。家族全員の好きな物を書いた大きな紙を玄関に貼り出したのである。「家族の好きな食べ物、京子は鰻、秀一は大福、裕美は納豆、達也は牛乳、早苗は苺《いちご》のショートケーキ」と書いてある。ただし早苗の苺のショートケーキは赤いペンで二重線をひき消してあった。近所の人がたまたま回覧板を届けにやってきて玄関でいやでもこれが目に入り、いったい何事かと目を白黒させて眺めた。これは早苗に対する究極の嫌みであった。早苗がさすがにこれには辟易《へきえき》して龍二に言った。

「その貼り紙、すごく嫌だから剥《は》がしてほしい」

「早苗さんが僕にろくな挨拶《あいさつ》をしないから罰だよ」

「ちゃんとしてるじゃない」

「心を込めて挨拶するのが家族の礼儀だろ」

秀一はこのようなときにどうしていいか全くわからなかった。秀一は龍二の躁にもう三十年近くもつきあってきて、いいかげん勘弁してほしいと思った。

九月になって、龍二は郵便配達の仕事に三カ月の休職ののち復帰し、正常に戻ったように見えた。

その三カ月後の十二月二十五日、龍二がまた奇妙なことを言いはじめ、躁になったようだったが、完全な躁には入らないでおさまった。こんなことは今まで初めてだった。京子が例によって龍二の躁は以前よりよくなったと言ったので、秀一はそんな京子の甘さにいらだった。

四　二十七年ぶりの入院（二〇〇四年〜二〇〇五年、龍二・四十九歳〜五十歳）

二〇〇四年一月、龍二は正常な状態が続いていた。

秀一が龍二は躁うつ病を克服したのかもしれないと考えたのも束の間、二月六日になって、龍二がまたおかしくなってきた。期待はものの見事に打ち砕かれた。龍二はもう五十歳になろうとしていた。会社員ならそろそろ定年後のことを考える年齢だ。秀一は、龍二の人生にはどのような意味があったのかと考えた。家族に迷惑をかけ、依存しながら、一生躁うつを繰り返し、さらに家族以外の周囲の人々にまで迷惑をかけ続ける……。


二月二十四日、龍二は完全な躁になった。郵便配達の仕事は二カ月の予定で休職した。

「お母さん、明日医者に行くから、電車賃を貸してよ」

龍二は昨日の夜中にまた秀一の自転車に乗っていってなくしてしまい、そこで金を使い果たしてしまったらしく、七十六歳になった京子に電話をかけてきたのだ。

「お母さんももうお金なんかないよ」

「僕がこんなに苦しんでいるのにどうして何もしてくれないんだよ」

龍二は京子に大声を出して金をせびっては、出かけて使い果たしてくる。この調子では四月からの郵便配達の職場復帰も無理だった。


三月四日、龍二はまだ躁のままだった。目はつり上がって髪はぼさぼさで、真っ赤なTシャツを着て、サッカーやテニスをしに行くといっては出ていき、京子に大声で妄想を語っていた。

「近所にストーカーがいるから警察に電話したよ。隣の家の娘を追いかけてる。夜中になると家の前に車が停まっている」

そして、躁になるといつも同じことを繰り返す。今回も英会話学校と契約した。兄の秀一が大学の英語教師であることに対するコンプレックスの表れなのだろう、躁になると決まって英会話学校と契約する。こうした英会話学校は生徒が長続きしないのを見越してか、すべて先払いになっている。龍二はクレジットカードで二十万円ほどの先払いをしてしまう。そして、実際には、英会話のレッスンなど最初の一度だけ行って、あとはどの英会話学校と契約したかも忘れて、行かなくなってしまい、契約金のすべてが無駄に終わる。英会話学校との無駄な契約は、躁になるたびに幾度も繰り返した。

その一方で、ボウリングの服やボウルや靴を買いそろえ、ボウリング場と年間契約をした。先にローンで毎月一万円ずつ支払う契約をする。専用ロッカーを借りてそこに自分の荷物を入れる。しかし、ボウリング場には一度行っただけで行かなくなり、あとはロッカーに入れた荷物のことさえも忘れてしまう。しばらくすると秀一の携帯電話にボウリング場から荷物を引き取りにきてほしいと電話がかかってくる。龍二は、なんらかの契約を交わすとき、必ず秀一の携帯番号を書類に書き込むのだ。

同時にスポーツジムに行って会員になる。月々一万円ほどの会費がかかるが、郵便局の給料振り込み用に龍二が持っているゆうちょ銀行の口座から自動的に引き落とされる。しかし、金など入っていないので、翌月になると引き落としができず、秀一にジムから電話がかかってくる。運動用の靴、服、水泳用のゴーグル、海水パンツが専用のロッカーに入っているので引き取ってほしいと言われる。こうして秀一は、荷物を引き取りに行ったり、龍二の借金を京子が払えないときには代わって払ってきたりしたが、我慢の限界だった。

すでに京子は長年貯めた金を龍二の尻ぬぐいであらかた使ってしまい、洋裁の収入も途絶えていた。龍二は京子に英会話学校に行っているので費用が二十万円必要だと言った。京子は保険を解約して払った。

京子が龍二の尻ぬぐいをできなくなったあと、今度は秀一が一生それをしていくなどということは到底できないと思った。

四月八日、龍二が文無しになって京子を脅しにきた。

「お母さんの仕事場をめちゃくちゃにするからな」

窓を開け放して、母の仕事場にラジカセを持ち込み、大音量で音楽をかけはじめた。龍二は表に出て、隣家のご主人に盛んに大声で話しかけた。

「僕はねえ、頭がおかしいんですよ。家族は僕のことを見捨てたんですよ」

隣家のご主人は返す言葉に窮した。龍二はさらに隣家のご主人に言う。

「僕がこうやって家のまわりを掃除したりすると、家族が嫌がるんですよね。家族は僕を精神病院に入れようとするんですよ」

これが秀一には死ぬほど恥ずかしかった。さらに龍二は、家の中に戻ってきて京子に大声で叫んだ。

「僕がこれだけ苦しんでいるのにお母さんはどうして平気なんだよ。僕は家族のために一人で苦しんでいるんだからな。金がないならすぐ誰かのところに行って借りてこい。僕の言うことはなんでも聞け。言われたことはすぐしろ。うわああ」

秀一は一体この地獄をいつまで我慢しなければならないのか、二十七年間も我慢すれば、もうたくさんではないかと思った。

龍二が今年初めに躁になってもう四カ月経った。龍二はすずかけ病院で隔週で診察を受け、薬をもらっていたのだが、躁になると一切行かなくなり、したがって薬も飲まなくなるので、ますます悪化するという悪循環を繰り返していた。実家の応接間から見える柿の葉が光を放ちはじめた四月二十八日、龍二本人もさすがに自分の躁状態に疲れてきたのか、自分から入院すると言いはじめた。その言葉を受けて京子がすずかけ病院の医師に相談し、すぐさま入院できるということになった。京子が龍二の入院に付き添うことになった。龍二はすんなり入院するはずはなく、荷物をまとめるのに何時間もかかり、家から出たり入ったりを繰り返して、やっと電車に乗ったと思うと、久喜へ向かう電車から途中駅で降りては大宮に戻り、また大宮から久喜方面の電車に乗るということを繰り返して、大宮と久喜の間を何往復もして京子は龍二をやっと入院させた。大宮から久喜まで電車で一時間もかからないところを、龍二と京子は朝早く家を出て、病院に着いたのは午後三時すぎだった。

秀一と京子は、龍二が一九七七年に相和病院へ入院して以来、二〇〇四年の今年まで、二十七年間もの長きにわたって本格的に入院させるという解決方法が思いつかず、躁からうつへ、そして正常へ自然と変化するのをひたすら待っていた。躁状態が自然とおさまるには最低でも数カ月もかかり、そのあいだ、ただただ不安に脅えているしかなかったのだ。精神医学の素人が躁になった患者を扱えるはずがなく、躁転したら即座に病院で専門家に診てもらうほかないことは、よく考えてみれば当然のことなのに、躁になったら時間をかけて元に戻るまでひたすら待つという愚行を繰り返していた。そのことに秀一と京子はようやく気づき、ここで初めて入院させて専門家の医師に任せるという光明を見いだした。ところが、龍二が入院生活を送っていると、秀一にはどこか後ろめたい気持ちが起こる。秀一は、かれがああやって一人で一家の病気を背負って犠牲になっているのではないか、と思えた。一体かれはどうしてあのように一家の犠牲にならないといけないのか、とさえ思った。あれだけ暴れまわって母親にも心配をかけているのに、肉親というものは因果なものである。

しかし龍二が入院したことで、秀一の一家にはなんとも言えない安堵《あんど》感が訪れた。秀一はソファーに座って、音楽を聴いたり、お茶を飲んだりして、これぞ平穏無事だという幸せな気持ちになれた。

五月十八日、秀一は龍二の病院に見舞いに行くとき、龍二に小遣いをあげてくれ、と京子から金を託されたが、あれだけひどい思いをしたのに京子はまだ金をやろうと思うのか、と複雑な気分になった。「馬鹿な子ほど可愛い」というが、龍二ばかりかわいがる、という嫉妬が働いていることが自己分析によってわかる。それにしても龍二が躁になっていなければ、いくら金をあげてもいいのだが、入院したばかりで躁のままの龍二に金をあげても、病院では使い道もなく全く無駄だろう。どうしてこんなことがわからないのだ、と母親の盲目の愛に秀一はいらだった。

「お母さん、龍二の病気はもう治らないよ。退院したらまた必ず躁になるよ。このまま一生入院させておくしかない」

「もう治らないんだろうね。でも入院は一番長くて三カ月しかできないってお医者さんに言われたよ」

「じゃあまた退院してきて、そのうち躁になって、僕たちが恐怖に耐え忍ぶしかないの？」

「だって、龍二だってこの家に帰ってくるほかないじゃないか」

「退院してきたってまた躁になったら入院させるほかないよ」

「入院させるんだって一苦労だったんだからね」

確かに、躁になるかならないかの時点では医師でさえ入院させることはできない。一瞬にして躁転したら決して自分から入院したりしないので、暴れまわってしまう。一体どうしたらいいのか。入院という光明を見いだしたものの、自分は狂っていないと言う本人をどうやって入院させるか、が問題だった。

七月六日、秀一は、すずかけ病院に入院している龍二を見舞った。秀一は昔、初めて龍二が吉田病院に入院して、そこで病院の廊下をふらふら歩く多くの患者を初めて見たとき、肉親である自分の実の弟がとうとう精神障害者になってしまった、と思ってショックを受けた。しかし、その後、こうして吉田病院、相和病院、すずかけ病院を見てまわり、龍二はこういうところで世話になっているほうが、本人にとっても家族にとっても周辺の人たちにとっても安心だ、という思いに至った。龍二がこの世界の住人になったということを、あるいはこういう種類の人間だということを、間違いなく病人であるということを、二十七年かかってとうとう納得させられたからなのかもしれない。

秀一は、龍二のことに関して、次第に考えがまとまってくるようになった。龍二はこうやって病院で治療を受けながら生きていかなければならないものなのだ、もうこの躁うつは一生治らないのだ、と諦めた。病院の待合室にいると、いろいろな患者がいる。妊娠している奥さんが小さな子供を抱えている。その奥さんの旦那さんが精神的な病気で入院を待っている。奥さんはまだ三十代前半であろうに、髪の毛が真っ白になっている。旦那さんのお母さんも一緒にいて、奥さんと二人で入院準備に追われている。病人は弟だけではない、と秀一は思った。

七月十五日、龍二が病院から外泊許可が出たということで一時的に家に帰ってきた。強い薬を飲まされているのか、まだどこか呆然としている。

そして七月二十四日、退院してきた。家の窓の外には百日紅《さるすべり》が真っ赤な花をつけていた。

その後、龍二はすずかけ病院に通院しながら、医師と看護師に服薬などをチェックしてもらっているので、もう躁にはならない、と秀一は勝手に思い込んだ。龍二はもう普通に働ける状態ではなくなったが、もう躁にさえならなければ、家でごろごろしていてもいい。躁転して暴れまわるよりはるかにいい。二十七年もかかって秀一はやっとこの結論に達した。

十二月になっても、半年後の二〇〇五年五月になっても、龍二は調子がいいし、全く躁うつの徴候を見せなかった。通院していた病院で処方される薬が効いているからかもしれないが、龍二は自分で自覚して服薬していた。もう龍二が躁状態になる心配がなくなった。このような平和は、龍二の発病以来であった。

五　躁の悪化（二〇〇五年～二〇〇七年、龍二・五十歳～五十二歳）

二〇〇五年五月二十四日、龍二は五十歳となり、郵便配達の仕事にも復帰した。

ところが、八月五日、龍二が少し躁になってきた。果たして今回は本格的な躁にならないように薬で抑えることができるのか。龍二は薬の副作用があって気持ちが悪くなるというので、なんとか薬で抑えられるのか秀一は不安だったが、その五日後の八月十日、龍二は薬のおかげでなんとか躁を脱した。

十月、すずかけ病院の計らいで、訪問看護師がときどき龍二の様子を見にきてくれることになった。その後、三カ月間、龍二は郵便配達の仕事をかろうじてしていた。通院と訪問看護と服薬で躁うつというものは抑えられるものなのだ、と秀一は思った。

十二月二十三日になっても龍二の躁うつは一応薬で止まっていたので、秀一は何もこれ以上龍二に求めるものはないと思いながら幸せを感じていた。

ところが翌年の二〇〇六年一月になって、龍二が今度はうつで動けなくなった。

さらに二月になっても龍二の調子はまだ悪い。一月からずっと郵便配達の仕事を休んでいた。龍二が京子のところへ朝早く来たので、また躁状態になったかと秀一はどきりとした。

二月十一日、秀一は龍二の顔を見てぞっとした。上気して、目がつり上がって、顔の上半分だけ薄暗くなった、別人の顔になっていた。まさしく躁のときの顔だった。——また始まった。

顔が引きつり、多弁だった。きわめて危険な状態だった。やはり通院と服薬と訪問看護では治らないのだ。昨年の七月に退院してから初めて本格的におかしくなった。今回は今までと違って薬を飲んでいるので、ひどいことにはならないだろうと期待したが、段々ひどくなってきた。

龍二は、早苗に普段なら決して訊《き》かないようなことを尋ねた。

「幼稚園で子供たちからなんて呼ばれてるの？」

「なんとも呼ばれてないよ」

「さーさんとか?」

「さあね」

「さーちゃんとか?」

「もういいよ」

どう見ても異常だった。躁うつは薬で抑えられるのだという秀一の期待は大きく裏切られた。

そして二月十五日、龍二がとうとう本格的な躁になった。実家の応接間から自分のアパートになかなか戻ろうとしなかった。噴霧器で自分の頭に水をしゅっしゅっとかけて、躁特有のぞっとするような顔で京子に言った。

「僕の頭の中がひどいことになっているなんて思うんだったら、そういうお母さんの頭のほうがひどいことになっている証拠だからね」

これで完全に躁になったことがわかった。秀一は、もう薬で安定を保てると思い込んでいたので、ショックで口もきけないくらいだった。躁うつは薬では抑えられないものなのだと思い知らされた。しかし実際は、躁になると病院にも行かなくなり、したがって薬ももらっていないし飲んでもいなかったのだ。

秀一は、またこれから地獄のような日々が長々と始まるのだと思うと、仕事に出かけてから家に帰るのが嫌だった。もう三十年近くも繰り返されてきたこの地獄から逃れたいと思った。秀一は困り果てて龍二担当の訪問看護師に電話すると、病院が抗うつ剤を飲ませたのかもしれないと言った。ずっと寝てばかりいたので、うつを抑えようとして抗うつ剤を飲ませたとすれば、その薬のせいで躁転することがあるという説明だった。

京子は龍二が躁転するたびに必ず言った。「今回はいつもと違って以前よりはよくなっている」と。

よくなるはずはないのだ。親というものは子供について少しでもいいほうに考えようとする。そして秀一も肉親の欲目で、龍二の躁は薬で抑えられる、もうすずかけ病院で面倒をみてくれているから二度と躁になって暴れることはないので、地獄からは脱したのだと勝手に解釈していた。しかしそんなことはなかった。躁転すれば病院にも行かなくなり、薬も飲まなくなってしまい、躁がどんどん進んでいく。

龍二は五十歳にもなってまだ若者のようなことをして騒ぐ。五人制のフットサルというサッカーのチームを作って仲間と練習し、有料テニス場で月額七千円もするコーチを雇ってテニスを習いはじめてはすぐ辞めてしまう。運動をしたあとはファミリーレストランに行って仲間に大盤振る舞いして食事の費用を全部払う。服、楽器、通信教育の教科書、ビタミン剤、雑誌を電話で次々と注文する。サッカーの仲間を自分の家に呼んで大量に買い込んできた食べ物でパーティーを開く。同時に、一日中遊べるという遊戯施設にローンで十万円の先払いをして専用ロッカーを借り、しかし一度行くだけで多くの荷物を置き去りにして二度と行きはしない。通りすがりの女性に手当たり次第に声をかけてその女性の家に電話をかけまくる。お気に入りのファミリーレストランで一日の食事をすべてとり、そこに夜中すぎまでいりびたる。朝から龍二が近所の奥さんと外で大声で話している。いよいよ本格的な躁の行動があらわれた。しかし、龍二本人は、「僕は大丈夫だよ、狂っていない、躁じゃない、僕の病気はもう治った。だから入院なんかしない」と言っている。しかし、泥酔した酔漢が酔っていないと言うのと同じで、いつも躁になったときに言う言葉だ。あまりに判で押したように同じことを言うので、秀一は、呆れを通り越して、滑稽《こっけい》に思えてきた。少しは進歩してほしいと思うのだが、手品の道具を買ってきて達也の前で手品を始めたり、要りもしない花粉用の眼鏡を秀一に買ってきたり、いつも寸分たがわず乱費パターンを繰り返す。

龍二は毎日どこかへ行って帰ってこなかった。京子から金をむしり取ってその金のあるうちはいいが、やがて一週間もすると帰ってきて京子に金をせびる。そして金を持ってその日はどこかへ消える。そして誰彼かまわず金を借りて返金もせずにあらゆる人々に迷惑をかけて、そしてまた金がなくなるまで帰ってこないということを繰り返した。

龍二は真っ赤なTシャツを着て、実家に来ては京子に馬鹿げたことばかり言っている。

「向かいの家の子供たちと遊んできたよ。ウナギを食いたいな、アイスクリームあるかな。NHKニュースのキャスターはかわいいよなあ」

食欲、物欲、性欲といった本能が剝《む》き出しになるのが龍二が躁になったときの特徴だ。翌日、龍二のことで訪問看護師に再び電話で相談してみた。彼女が言うには今のところ医者に行かせるようにするほか方法がないという。

年が明けてからもう三カ月、龍二は秀一の買ってきた弁当を他の人の分まで食べたり、郵便配達の仕事もせずに、野球帽を後ろ前に被ってサッカーやテニスをしに出かけて夜遅くまで帰ってこなかったり、とても五十歳の人間がやることとは思えないほどエネルギッシュだった。しゃべったり歩いたりする速度が倍速になっていた。

さらにもう一カ月経っても、龍二はまだひどい顔をしていた。まだまだ躁のままだった。秀一はまた何とも言えない不快感のなかで暮らしていかなければならなかった。一昨年は三カ月のあいだ躁だったが、郵便配達の常勤職員をどうして解雇にならないのか不思議だった。

さらにもう一カ月経った五月、龍二はまだ京子に金をせびりに実家に来ていた。京子も金を持っていないので、秀一からもらって断腸の思いで毎日千円や二千円ずつ、少しずつ与えた。一度にやるといっぺんに使ってしまうからだ。京子は龍二に金をやるのはドブへ捨てるのと同じだと言った。

六月、龍二はまだおかしかった。躁特有の行動をしていた。龍二はもう五十一歳になっていた。

龍二は、秀一が買っても買っても、自転車をなくしてしまう。どこかへ乗り捨てて、後からどこへ置いたのかわからなくなった。龍二のために、これまで秀一は数々の自転車、そして自動車までも失ってきたのだった。

ようやく躁状態を脱した龍二は、六月二十七日、京子に、躁のあいだにした借金の明細を持ってきた。

「お母さん、これ、僕が躁のときにあちこちから借りたお金なんだけど……」

「こんなに？　もうお母さんだってお金なんかないよ」

京子が計算すると総額で四十万円ほどあった。しかし七十八歳にもなる京子には龍二の借金を肩代わりできなくなってきていた。京子が老後のためにたくわえておいた貯金が底をついたのだ。

七月九日、龍二は長い長い躁を脱して今度はうつに入った。朝から晩までいつまでも寝ていた。龍二が信仰している新興宗教の信者の一人に秀一が龍二のことを話すと、龍二が生まれ変わるまえに、前世でどんなひどいことをしてきたかわからないから、その人たちの恨みを考えると、なかなか現世で許されないのだと言った。確かにそうかもしれないが、もうたくさんだ、と秀一は思った。三十年も我慢した。それでは足りないのか。

九月五日、京子は秀一に十万円を用立ててほしいと頼んだ。龍二の借金を返済するためだった。ボウリング代の借金が五十万円になっていた。秀一が苦労して節約した金を、龍二のボウリング代の一部にしてほしいというのだった。龍二はその後、うつ状態も脱して、なんとか動けるようになり郵便配達の仕事に復帰した。

それから三カ月経った十二月三日、龍二がまた躁になった。

その日は秀一の息子・達也の十九回目の誕生日だからと、龍二は久々に秀一たちと一緒に食事をした。

「今日はスペシャル・デイだから」

普段決して言わないような龍二のこの一言で、これは躁である証拠だと秀一にはわかった。ぞっとした。また始まったのか。秀一はまたもや絶望的になった。思えば今年は一年のうちに二度躁になった。二月に躁になり、それが七月頃まで続いて金を使いまくり、それからうつになってずっとアパートに閉じこもり、さらに今度は十二月に恢復《かいふく》しないまま躁になったのだ。

さらに龍二が大声で躁特有の話し方をしたので、秀一は聞くに堪えず、書斎へ閉じこもってしまった。秀一は「もうこれ以上精神的に耐えられない。龍二の躁うつはサイコセラピーも、医療も、宗教も、結局治せなかった」と思った。

その翌日、龍二が達也の部屋へ行った。十九歳となった達也はいま自分自身の進路で悩み苦しんでいた。そんななか、龍二が達也の部屋の中まで押しかけ、興奮した状態で話しかけた。

「達也、好きなものは何でも買ってあげる」

「いいよ、龍二叔父さん、僕は何もいらない」

「いいから、何でも言ってみろよ」

「今のところ何もないよ」

「じゃあ、プラモデルを買ってきてやる」

「今、作る時間がないよ」

「これからサッカーをしにいこう」

「もうこんな夜遅く無理だよ」

龍二が達也の部屋で一時間話し込み、達也はぐったり疲れてしまった。龍二の躁はこうして家族全員を巻き込んでいった。

龍二の躁うつは五十一歳という年齢になって前よりひどくなっていた。秀一も精神的に追い込まれてきた。一体どうして躁うつ病というのは治らないのか。あらゆることを試したのに、それでも治らない。今まで年に二度躁転したことはなかった。すべての経済的・精神的負担は秀一にかかってきていた。

そんな秀一の不安をよそに、龍二がテニスをしたあとなのか、実家にやってきてもりもり食べていた。ご飯を五回おかわりして、そのうえあんパンとメロンパンを食べ、ポテトチップ一袋、さらに冷蔵庫に入っていた甘辛の団子を四本、すべて一気に平らげてしまった。五十三歳の秀一が一生懸命働いた金を使って、五十一歳の弟が働きもせずにテニスをしたりして遊びまわって食べたいだけ食べまくるのだ。

龍二はさらにまた躁特有の暴れまわり方を始めた。早朝から起きだして近所の公園に走りにいき、実家の前を通っていく女性に次々と声をかけ、仲間とサッカーをしにいき、楽器のピッコロを買ってきたり、通販でポルトガル語講座のテキストを注文し、実家に夜遅く来ては何時間も京子を怒鳴りつけた。秀一はこのまま自分が死ぬまで龍二の躁うつに悩まされるのかと思うと暗澹《あんたん》たる気持ちになった。秀一はどうしてこんな因果な弟を持ってしまったのか、と情けなくなった。このとき、秀一は龍二を殺して、自分も死ぬしかないのではないかと本気で思いつめた。

京子と龍二が診断書をめぐって騒いでいる。龍二は大きな声で、お母さんは言っていることがおかしいよ、などと自分のおかしさを棚に上げてわめいている。

「お母さんはどうしていいかわからないなんて言ってるけど、診断書をもらわなかったら郵便配達の仕事をクビになっちゃうんだからね。それでもいいの？」

「だってどうしていいか、あたしにはわからないよ」

「だから診断書を医者に書いてもらうのに一万円かかるって言ってんだよ。それと病院に行く金も必要だから最低五万円は必要なんだよ。医者にはお母さんが診断書を頼んでよ。じゃないとクビになるんだよ。僕はほかにサッカーとかテニスとかやることがいろいろあるんだからね。うわあああ」

野球帽を後ろ前に被り、サッカーのユニフォームを着た龍二は叫びながらばたばたと出ていった。

次の朝早く京子が起きてきて、昨夜は一睡もできなかった、と秀一に言った。

郵便はがき

料金受取人払郵便

杉並南局承認

2638

差出有効期間
2022年11月
30日まで

（切手をお貼りになる必要はございません）

168-8790

（受取人）
東京都杉並区
上高井戸1—2—5

星和書店
愛読者カード係行

ご住所（a.ご勤務先　b.ご自宅）
〒

(フリガナ)

お名前　（　　）歳

電話　（　　）

★お買い上げいただいた本のタイトル

★本書についてのご意見・ご感想(質問はお控えください)

★今後どのような出版物を期待されますか

ご専門

所属学会

e-mail〉

星和書店メールマガジンを
(http://www.seiwa-pb.co.jp/magazine/)
配信してもよろしいでしょうか　(a. 良い　b. 良くない)

図書目録をお送りしても
よろしいでしょうか　(a. 良い　b. 良くない)

翌年の二〇〇七年一月になっても、龍二の躁はおさまらず、朝早くから実家に来てどたどたと階段を上り下りして、玄関も閉めないで出ていってしまっていた。秀一は念のため龍二のアパートを見にいき、開けっぱなしの玄関から足を踏み入れると、まるでゴミ屋敷のようになっていた。部屋から階段からまるで豚小屋のように衣服や物が足の踏み場もないほど積まれていた。トイレの電気はつけっぱなし、部屋の暖房はつけっぱなしで、真新しい電熱ヒーターが真っ赤に熱を持っていた。秀一は、龍二が火事を起こすのではないかと心配で、毎日のように龍二の部屋をチェックした。龍二が出かけたあとはいつも暖房も電熱ヒーターもついたままだった。

京子が秀一に、龍二が銀行のクレジットから五十万円を借りていると言った。龍二は湯水のように金を使った。京子はさらに龍二が今度は五十万円をサラ金から借金しているという明細を秀一に示した。この五十万円は龍二のヨガのレッスンやゴルフクラブの購入に消えてしまっていた。

ある日、龍二が突然実家にやってきて、お勝手の物をがさがさ乱暴に持ち出したかと思うと、「もう僕は自分がやりたいことをする、勝手にする。お母さんは黙って僕の話を聞け」と大声で怒鳴った。要するに金がなくなったので当てつけに暴れるのだ。「もうこの家なんか出ていってやる」と言って龍二は門扉を壊し、自転車を蹴倒して出ていった。

秀一が、サラ金のコールセンターに電話すると、龍二が金を借りたのは大宮駅近くの支店だとわかった。とにかく、秀一は二万円だけ返済してきた。すぐ一度に返済すれば返済金は最も少なくなる。京子は貯金をすべて龍二のために使い果たしていた。京子はもう七十九歳となり、精神的にも経済的にも龍二の面倒をみられなくなっていた。それでも龍二は容赦なく京子に金をせびりに来た。龍二は次は秀一に金をせびりに来るのだろう。しかし、もし、秀一に金がなくなって、借金の肩代わりができなくなったら、龍二は今度はどうなるのか。結局、自己破産するようなことになるのだろう。いずれはそうなる運命にある。秀一には、もしこれ以上龍二が借金したら、返済する能力がない。家を売って返済するしかない。龍二を放置すれば最後は警察沙汰になることは目に見えている。放置したとしても結局は家族が処置の義務を負う。龍二は年に一度必ず躁になる。そうなると、家族全員が犠牲になるまで龍二の尻ぬぐいをやるのか。秀一は底なし沼に沈んでいくようで身震いした。

翌日、秀一は、銀行から三十七万円を下ろし、手持ちの十三万円とあわせて合計五十万円にし、これでサラ金の大宮支店に行って借金をそっくり返済してきた。大宮支店の従業員が龍二の書いた契約書を返却してくれた。それには、給料を月給三十万円と書いてあった。龍二は躁になっても、こういう高利貸しから金を借りるとき、郵便局は休職中で給与は支払われず無収入なのに、いかにも収入があると見せかけて返済能力があるかのように装うおかしな知恵は働くのだった。

龍二はその後も京子から金をせびって出かけた。今度はスポーツジムへ行っていた。秀一が、龍二の部屋を調べてみると、龍二が契約したカード会社の書類が置いてあった。秀一はすぐ事務所に電話した。これはさいたま新都心にあるフィットネスクラブの使用料金を自動引き落としで支払うカードだった。新都心のジムは入会金が五千円くらい、月料金が一万円くらいだった。秀一はそのジムに行ってすぐ契約を解除してきた。

秀一は、龍二の部屋で見つけた書類を見て今度は別のカード会社へ電話した。この会社は、龍二が買った物の取り立てをしているだけで、本人でないとどの店で買ったのか、何を買ったのか、店の電話番号さえ教えてくれない。先方は、個人情報保護法があるので、本部の執行部と相談したが、そういうことは一切教えられないと言った。秀一が、このままだとただただ振り込みができないので、一万五千八百円の利息が毎月たまるだけだと言ったが、それでも全く教えてくれない。解約しようとしても、本人でなければできないとは、金貸しの会社ばかりが得するだけだ。こんな馬鹿なことが世の中にあるのだろうか。秀一はだんだん腹が立ってきて、「このような浮浪者のような男が買った物のローンを組ませるのだからおかしい」と電話口で抗議したが埒《らち》が明かなかった。

翌日は放置されていた自転車を預かっていると役所から葉書が来たので、秀一はそれを請け出しにいくことにした。線路の下をしばらく歩くと、自転車預かり場があった。ここはもう同じように何度も来た。毎回龍二が自転車を乗り捨てて没収され、秀一が取りにくる。鍵がかかっているがその鍵は龍二が紛失しているので係の人がそれをねじ切ってくれる。毎回タイヤがパンクしているので三キロの道のりを自転車を押して帰らなければならなかった。

三月五日、京子がまた龍二宛の督促状を秀一に見せた。龍二が五十五万円の借金をしていた。龍二は、一銭の働きもないのに、英会話学校に五十八万円のコースを申し込んで、一カ月一万五千八百円ずつ返すというローンを組んだのだ。

三月七日、とうとう知り合いの看護師がこの状態を見るに見かねてすずかけ病院に入院の予約をしてくれた。秀一は龍二を強引に入院させるほかないと思い、救急車を頼むことにしたと京子に電話で伝えた。

「救急車なんてかわいそう。それに近所の人がみんな出てきて人だかりができるよ」

「お母さん、この期《ご》に及んでまだそんなことを言っているの？　かわいそうなのは僕と龍二とっちなんだよ」

翌日、秀一は龍二のアパートに様子を見にいった。龍二はゴミで足の踏み場もない部屋で、連れてきた友人と大声で話していた。龍二が友達に高揚した調子で言っているのが聞こえた。

「僕は躁だけど、薬を飲まないで今までやってきたんだよ。だから、今もなんともない。僕はなんともない。僕じゃなくて世界中の人が入院したほうがいい」

秀一は先ほどまで救急車を呼ぶことを躊躇《ちゅうちょ》していたが、やはりこれはもうどうしようもないと決心がついて、思い切って一一九番に電話をかけた。

「もしもし、あなたの住所を教えてください。ご病気の方の年齢は？　お名前は？」

「さいたま市大宮です。龍二は五十二歳です。サイレンを鳴らさないで来てもらえますか」

「それは道路交通法でできません。家の近くに来たらサイレンを止めます。道に出て誘導してもらえますか？」

秀一が道に出て待っていると救急車が到着し、秀一が龍二のアパートの前に誘導するとすぐ前にぴたりと停車した。救急救命士が消防服のような服を着てどやどやと龍二の部屋に入っていくと、龍二はぎょっとした顔をした。秀一が、「お前はもう入院しろ」と言うと、そこにいた龍二の友達が反応して風のように去っていった。龍二は外部の人間に弱いので素直に従うと思いきや、躁による興奮が頂点にまで達しているせいか、龍二は即座に、「やだよ。本人の承諾がないと無理やり救急車に乗せることはできないんだぞ」と言って人権を盾に取り、救命士に対して、「お前たち、帰れ」と叫んだ。龍二はこうした精神障害者に関する法律には詳しかった。不必要な入院の強制や精神障害者への処遇などが社会問題化した宇都宮病院事件が一九八三年に起こり、そののち、精神障害者本人の意思に基づく任意入院が法律で定められた（精神科病院への入院は精神保健福祉法に基づくものであり、任意入院のほかに、医療保護入院、措置入院などもある）。

「この方の言うとおり、本人の承諾を得られなければ、無理やり救急車に乗せていくことはできません」

秀一は救命士の言葉を聞いて、もしこれでかれらが帰ってしまったらどうなるかと想像して、ぞっとした。救急車を呼んだことに激昂した龍二が自分や母に対してどのようなことをするかと考えると、秀一は頭から血の気がすーっと引いた。急激な頭痛がしてきた。

龍二は「もう入院はしようと思っていたけど、お母さんが金がかかるから入院させない、と言ってるので入院できなかったんだぞ」と嘘の主張をした。その一方、「救急車では絶対入院しない。でもタクシーをここですぐ呼んだら、そのまま乗って病院に行く」と言うので、秀一はその場で即座にタクシー会社に電話し、「一台お願いします」と頼んだ。

秀一は、救命士に尋ねた。

「もし、弟がタクシーに乗らなかったら、また救急車を呼びますけど、そうしたらまた来てくれますか？」

「そのときは要請があれば何度でも来ます。もし我々が帰ったあと、弟さんが暴れるようであれば、我々が警察を呼んでもいいですよ」

救命士が龍二の面前で言ってくれたので、龍二はだいぶ観念した。秀一は、躁になった龍二は公的権力に、実に弱いということは昔からの体験でわかっていた。警官の前では借りてきた猫のようにおとなしくなってしまうのは目に見えていた。

救急車が帰るときに、「書類にサインをしてください」と言われたが、龍二は手が震えてまともにサインできない状態だった。龍二が荷物をまとめはじめたので、秀一はこれなら本当になんとかタクシーに乗るだろうと思った。そして、もし、京子に危害を加えるか何かしようとしたら、そのときは、秀一は即座に警察を、あるいは救急車を呼ぶことに覚悟を決めて、外にタクシーが来るのを待った。

やがてタクシーが来て、龍二はわりと素直に乗り込んで、秀一と一緒に久喜のすずかけ病院まで行った。待合室で診察を待っていると、入院する予約を取ってあるにもかかわらず、入院は一時間後だという。医師が診断してからでないと入院が許可されない。これでは、やっと龍二を連れてきたのに、逃げ出したりしたらどうなるのだろうか。龍二が待合室をふらふらとあちこちに出ていくので、逃げ出しはしないかと秀一は不安でならなかった。

やがて医師に呼ばれて診察室に入ると、座っていたのは四十代の女性医師だった。その医師に龍二はいろいろ質問された。

「昨夜は眠れましたか？」

「僕はよく眠れていますし、全く問題ありません。入院の必要はありません」

「薬は飲んでいますか？」

「僕は薬なんか飲まなくても大丈夫なので飲んでいません。家族がみんな頭がおかしいので僕をこうやって入院させようとするんですよ」そして龍二は女性医師の首にかかったＩＤカードのストラップを見て「その赤いストラップが似合いますね」と正常なときには決して言わないことまで言った。

「この二枚目の書類にもサインしてください」

「え、二枚目って僕のことですか」

場にそぐわないつまらない冗談に秀一は気分が悪くなった。やっと入院ということになって看護師が呼びに来て秀一に言った。

「じゃあ、お父様はこちらへ」

「私は龍二の兄ですが」

「ああ、失礼しました」

看護師は龍二の二歳年上の兄を父親だと勘違いした。それほど秀一は老け込んでいたのだ。確かに秀一は、髪の毛は真っ白になり頰はやつれ、古ぼけた茶色のジャンパーを着ていた。心身共にぼろぼろになり、服装を構う余裕がなくなっていたのだ。その一方で、龍二は躁状態になると、若者のように潑剌《はつらつ》としてサッカーのユニホームを着たり、野球帽を後ろ前に被ったりするので、若々しく見えるのだ。

秀一は入院の手続きが終わってほっとした。これで終わった、と思って力が抜けた。なにも龍二を入院させたくはないが、もうどうしようもなかった。躁になったら、もう即座に入院させるほかないということを骨の髄まで思い知った。

秀一は、病院からの帰りに、今後どうすべきか公的機関に相談しようと思って、そのまま浦和の権利擁護センターへ行くと、係の人が親身になって弁護士とともに真剣に無料相談に乗ってくれた。龍二のような人間に対して、その家族が何をしなければいけないのか、という具体的な相談に乗ってくれた。このような公的なサービスをどうして今まで受けなかったのだろう、と秀一は忸怩《じくじ》たる思いだった。「求めよさらば与えられん」という教えが新約聖書のマタイ伝にあるが、自分一人で悩んでいないでこうした外の世界にどんどん相談していけば道は開けると思った。

センターの人の説明によれば、龍二のような人間は、かつて禁治産者、準禁治産者にするという制度があったが、今は成年後見制度というのがあって、これは龍二の戸籍にも残らないし、昔のように差別的な目で見られるようなものとも違うという。秀一が過去のいきさつを説明すると、家族関係に関する質問から始まって、龍二がどういうことをしたか、今困っていることは何かなど、いろいろなことを秀一に尋ねながら、その場できぱきと解決案を示してくれた。

成年後見制度というのは、秀一が龍二の法的な後見人になったら、龍二が後見人である秀一の同意なくして契約したものはすべて無効となるというものだった。つまり龍二があちこちでカードで買い物をしたりしても、すべてが契約無効ということになる。今まで、京子と二人で、これからどうやって龍二の勝手な乱費を防いでいこうか、とそれだけを考えていたが、精神障害者にはこのような方法があるということを初めて知って、目を開かされたような気がした。

弁護士はこう説明した。

「そもそも龍二さんがどれだけ借金をしても、法的には本人以外には支払い義務が一切ないんですよ」

「先生、それでは、サラ金からの借金やクレジットカードで買った物の返済は家族がしなくてもいいんですか？」

「本人以外は返済の義務はいっさいありませんよ」

「でも訴えられたらどうなるんですか。法的措置をとると言われたら」

「入院していることを証明する書類を出せばいいんですよ。精神障害者であることを証明する医師の診断書でもいいです」

「そうだったんですか。今まで龍二の借金を家族が返さなければならないと思って必死で返済していました」

弁護士からこの事実を知ったことは大きかった。秀一も京子も、今後は龍二の借金を一切肩代わりするまいと決心した。

龍二が入院して、翌日は、京子も安心して眠れるようにはなったが、あの子は今ごろ何を食べているだろうか、などということが心配になってくるという。母親というのは本当に愚かで哀れなものだ。秀一は、この日、浦和の家庭裁判所で成年後見制度の申請書類をもらってきた。

秀一は、龍二の部屋の掃除を開始すると、龍二の部屋から出てきた書類を半分ほど見て、もう嫌になってしまった。あちこちからカードで買った明細などが次々と出てきて、それぞれ借金の額が書いてある。これを一つずつすべて解約するか、借金を払わねばならないのか、と思ったがもう代わりに返済するまいと思った。しかしそれはそれで後ろめたい気持ちになった。

英会話学校は、龍二が最高額のローンを組むとき、不審に思わなかったのだろうか。龍二は躁になると決まって英会話学校と契約するのだが、今まで龍二と契約した三つほどの英会話学校は躁うつ病で返済能力がない龍二に、自身で希望もするのだろうが、できるだけ高いコースをローンで組ませた。英会話学校だけではない。電車の中やテレビで宣伝しているカードローン会社もみな同じだ。

　龍二の部屋はいつものようにゴミの山だった。床の上には、開いたままの雑誌や書類や新聞紙が足の踏み場もないほど散乱し、中身のまだ残った黴《かび》だらけのカップ麺や腐った食べ物が詰まったレジ袋、スーパーで魚の切り身などを入れる幾重にも重ねられた食品トレー、煙草の吸い殻がびっしり詰まった瓶《びん》、無数の空き缶や何枚も重ねられた空のプラスチック製のコンビニ弁当容器、ケースに入ったCDやDVDの山が床板も見えないほど所狭しと敷き詰められていた。台所の流しには鍋や食器が山のように積み上げられ、洗濯機と洗濯籠の上には洗濯物がうずたかく積み重ねられていた。壁には男性週刊誌から切り抜かれた裸の女性の写真が何枚も隙間なく貼られ、その一つ一つにはハートのマークや「！」が描かれた付箋が貼り付けられていた。部屋の真ん中には数本の紐《ひも》がわたされ、紙の国旗が点々と貼り付けられていて運動会の万国旗のようだった。窓には幼稚園によくある輪飾りが幾重にもわたされていた。そのうえ、ろくに使わないゴルフクラブセット、いくつもの空のギターケース、テニスのラケット、管楽器のケース、五個のサッカーボールもあった。トイレに入ると壁一面にびっしりと女性の名前やサッカー選手の名前が落書きしてあった。そのうえ下駄箱には、どれも履いた様子がない、カウボーイの履くような拍車がついた白い革製のブーツ、ナイキのスニーカー、革靴が並んでいた。

　秀一が部屋をくまなく見ると、引き出しの中に入っていた書類から他のクレジットカード会社からもかなり借金をしていることがわかった。そのほか、印鑑、ラケット、などなど購入した物の督促状がきていたが、もう無視するほかないだろう。留守電に入っているメッセージを聞いてみると、督促の留守録がいくつも入っていた。秀一は、これからは躁になったら即入院させるほかないと改めて決意した。

龍二は若い頃のように暴力をふるわなくなったが、今となっては、その暴力が乱費に取って代わっていた。どちらも同じ程度に悪質である。秀一は部屋を片づけながら思った。躁になってしまったら、成年後見制度を利用していたとしても、即入院だ。それはもう間違いない。そうでないと、これ以上とても防ぎきれない。一生、この病気は治らない。そう考えて行動しないといけない。

秀一は、次にクレジット会社に電話してクレジットカードもすべて解約した。解約しなければならないものがたくさんあるが、本人でなければ簡単にはできない仕組みになっていた。龍二はほとんど毎日あちこちでカードを作っては、そのカードで何かを買い、そしてキャッシュを下ろしていることがわかった。

過去との決別をしなければ、龍二は出直しがきかないと思い、秀一は、龍二の余分な所持品をすべて売り払った。さらに、入院費の足しにするのだと思って、部屋にある物はどんどん売り払うことにした。リサイクルショップに売り払った物は、本やＣＤが三千円、ゴルフ道具などが五千円くらいで、合計八千円だった。龍二が狂って何百万円、いや何千万円も使って買いまくった物がたったの八千円だった。

三月十三日、秀一がすずかけ病院に龍二を見舞いにいくと、鍵のついた自分の部屋から勝手に出ることさえもできないほどの興奮状態で、それだけ重症だったことを知った。これほど重症なのに、それを一年間も放置しておくとはなんという無謀なことだったのだろうと秀一は思った。身内というのは、いつかは治るだろう、躁が終わるだろう、まだ本格的な躁ではないかもしれないと、甘い見通しをつける。現状認識が甘く、ものごとが客観的に見えていない。

秀一が、区役所に電話すると、龍二がしばらく前に持っていた精神障害者保健福祉手帳は去年の七月三十一日で切れていると言われた。こうしたものの更新は、医師の診断書などいくつかの書類が必要で、龍二本人が躁のときやうつのときにできるはずもなく、秀一が代わりにしなければならなかった。秀一は、久喜のすずかけ病院に行き、龍二の担当である岩田《いわた》医師と面接した。医師は言った。

「龍二さんは大部屋に入ったんですが、同室の患者と喧嘩《けんか》をして、お前などモテないだろう、と暴言を吐いたので個室に移しました」

そのころ、病院の龍二から実家に電話がかかってきていたが、留守番電話にしてあるので録音が残されていた。

「お母さん、すぐ一週間で退院するぞ、そのあとどうなるかわかっているだろうな。すぐ一万円を病院に送れ。僕が家族のために何年間も努力してきたのに、救急車を呼ばれたり、入院させられたりして、こんなことをしてどうなるかわかっているだろうな」

この電話の内容を、秀一は、入院したすずかけ病院の看護師に即座に全部知らせた。看護師によれば、薬をかなり飲ませているので、これでも最初よりは興奮がおさまっているとのことだった。

しばらくして、秀一は京子と一緒にすずかけ病院の岩田医師に再び会いにいった。

「先生、成年後見の認定を受けるには先生の診断書が必要なんです」

「龍二さんは正常な判断ができるときもあるので診断書は書けません」

そう言われて秀一はがっかりした。龍二の後見人になれば、少なくとも龍二の乱費には対処できると思ったのに、ぬか喜びだった。

秀一が病院から帰ったその晩、龍二が働いていた郵便局の課長代理が来て言った。

「龍二さんは休職できる期間が限度近くなっていますので、もうこのままだと短時間職員を解雇されることになります。今回退院したあとにまだ復職の手だてはありますが、郵便局が民営化されたら、龍二さんのような人を雇っている余裕がなくなります」

二〇〇六年の一月から一年以上も休職のままでいる龍二のような人間が真っ先に解雇されるのも無理はなかった。数カ月後の二〇〇七年十月には郵便局が民営化されて日本郵政となるのだ。

さらに、あるクレジットカード会社から四十八万円の督促状が届いた。これは弁護士の内容証明書つきで、四月四日までに払わないと法的措置を取るというものだった。

次に秀一が英会話学校に行くと合計二十三万円くらいは払わなければならないと言われた。秀一は決意した。英会話学校の借金は払うことに決めた。そこで解約手続きの書類を書いた。どうせ支払わねばならないのなら、今回がもう最後ということで、片づけてしまおうと思った（しかしこれも本人以外に支払い義務はなかったのだ）。

秀一は、龍二の借金に関して最終的な金額を確かめた。三十三万九千円が残っていた。ところが別なクレジットカード会社に電話すると、八十万円の借金もあることが判明した。秀一はクレジットカードを簡単に作れるほうが問題なのではないのかと思った。いくらなんでも秀一にはこれだけの額を払えない。

龍二の入院からもう一カ月以上になった。入院費用はかかるが、躁になったらすぐ入院させるほかないと秀一は痛感した。躁の龍二を野放しにしておくほうが間違っていたのだ。

そのころ、秀一の家に刑事が訪ねてきたので驚いた。刑事は警察手帳を見せた。

「刑事さん、弟が何かしましたか」

「去年の三月ごろ、龍二さんの知り合いの女性が、喫茶店でキャッシュカードの入ったバッグを盗まれたという被害届を出したんですよ」

「弟がそのバッグを盗んだんでしょうか」

「それはわかりません。その犯人を捜しているんですがね」

「刑事さん、実を言うと龍二は精神障害者でいま入院しているんですよ。退院までしばらくかかると思います」

「ああ、そうですか。龍二さんに会いたいと思って来たんですが、じゃあ無理ですね」

「病院まで行って会わなければならないということでしたら、病院の住所をお教えしますが」

「いや、それには及びません」

刑事はそこまで言うと帰っていった。

三月八日に入院してから約三カ月後の五月二十六日、秀一は久喜のすずかけ病院まで行って龍二の退院手続きをした。退院のときは家族が必ず来なければいけないのだ。龍二は薬のせいかお能のすり足のようにそろそろ歩き、ロレツがまだ少し回らない様子だった。顔が太っている。体重が増えたのだろう。朝から真夏のような暑い日だった。

秀一は区役所まで行き、更新された精神障害者保健福祉手帳をもらってきた。このままでは龍二の年金の権利がなくなるというので、休職中の龍二に代わって郵便局まで行って総務課長代理に三カ月分の龍二の保険料を払ってきた。


龍二は六月になんとか職場復帰し、郵便配達の仕事をしていた。

十一月十五日、龍二がまた躁の危険性があると京子が言いだした。最近、確かに少し様子がおかしい。少し、口数が多すぎるのだ。躁になる直前の状態だ。このまま即座に入院させたほうがいいのではないか。「あにきの読んでる本はなに？　僕はパリに行きたいんだよ」などと言ったりする。これは躁に近いということだ。秀一は、龍二の様子を観察していると、龍二はテレビを見ていて、汚染された血液製剤フィブリノゲンによってC型肝炎ウイルスに感染したといわれる薬害肝炎問題の被害者たちが国を訴え、その記者会見を開いていた。龍二は原告のなかの一人の女性をかわいいと言った。こういうときは危ない。しかも、龍二は、「頭の中で誰かが運動会をしている」と言った。躁寸前の状態なのだろう。このようなときに入院させないと、手遅れになる。しかし、龍二がまだかろうじて正常さを保っている今の状態では、医師が入院の指示を出せない。タイミングよく入院させるというのは、実に難しいことだ。秀一にも自分の生活と仕事があり、龍二が躁になるのを二十四時間監視することは不可能だ。それでも明日はとにかく朝一番ですずかけ病院に連絡をして、入院の手続きを取らねばならない。秀一が入院しろと言うと、龍二は渋った。

「ゆうべは六時間睡眠をとったから大丈夫だよ」

「そうか、それなら、まあ、いいか」

秀一も忙しくて入院に付き添う時間もないし、入院は少し後にすることにし、入院の話は立ち消えになった。

六　妊娠騒動（二〇〇八年〜二〇一〇年、龍二・五十三歳〜五十五歳）

二〇〇八年二月、龍二はすずかけ病院の患者同士として知り合いになった子連れの女性・美也《みや》子《こ》と親密な関係になり、その家に泊まりにいくようになった。三十代後半の美也子はうつ病で生活保護を受給し、入退院を繰り返していた。彼女にはすでに別れた夫とのあいだにできた子供が一人いて、親子二人で龍二の実家の近くにあるアパートで暮らしていた。その小学生の子供が龍二になついていた。そのうち龍二と美也子は一緒に住むと言いだしたが、二人とも半人前の病人である。龍二ばかりでなく、美也子もいつ入院するかわからない状態なのだから、その二人が結婚したら、秀一は自分にのしかかる責任が増えるだけではないかと危機感を覚えた。そのうち美也子が子供と一緒に秀一の家に挨拶《あいさつ》にきた。彼女は、もう龍二と結婚したようなものだった。

その後一カ月経っても、龍二は、薬の効果か、隔週で行くすずかけ病院のおかげか、美也子のおかげか、いったんなりかけた躁の兆候がそれ以上悪化する様子がほとんどみられなかった。去年の今ごろ、秀一は神経がぼろぼろになっていた。それを考えると、今年は夢のように幸せだった。龍二のために、借金をあらかた片づけ、さらに、病院へ行ったり、役所へ行ったりして龍二の証書を更新し、秀一はどのようなことがあっても龍二の問題は乗り切ることができる自信が持てた。

しかし、さらに一カ月経った四月――寒い冬が終わって草花が一斉に芽吹く頃、龍二の様子がおかしくなってきた。秀一は、龍二と美也子と美也子の子供が三人で歩いているところに偶然出会った。龍二と美也子は秀一の存在に気づかなかったが、秀一は龍二の口調を一瞬聞き取った。そのとき、おや、と思った。美也子に対する龍二の口調がいつもと違う。

「僕の言うことをなんでも聞いていろ。何も言うな」

秀一は、しまった、これは躁になっていると思ったが、取り越し苦労ではないか、とも思って、京子に電話して相談した。龍二が躁転したとすれば即座に入院させることが唯一の解決方法だとわかったのはいいが、どうやって入院させるか、今度はこれが大きな悩みとなった。

翌日の四月五日、龍二は黄色いTシャツを着ていた。

「僕は忙しいからお母さんとなんかゆっくり話す時間がないよ」

この龍二の言い方はやはり躁の特徴で、完全にスイッチが入ってしまっていた。もう取り返しがつかない。躁にいったんなってしまったら、あとはもう自分で入院するとは言わない。とうとう恐れていたものがやってきてしまった。果たしてどうやって入院させればいいのか、しかも、今日と明日は土日ですずかけ病院は休みだ。秀一は、龍二の言葉のはしばしに、いよいよ躁が本格的になっていると感じて、一刻も早い入院が必要だと、もう居ても立ってもいられない気持ちになった。薬が効かないのか、それとも躁転して薬を飲まなくなっているのか。去年の六月に復帰したばかりなのに郵便配達の仕事はもう行かれなくなっていた。

四月八日、秀一は、龍二が通院しているすずかけ病院付属のデイケアセンターの龍二担当の相談員に電話した。そうすると、ちょうど龍二がそのデイケアセンターに来ていて、あとからその相談員が龍二の様子を丁寧に説明してくれた。龍二が木曜日（四月十日）に岩田医師の診察を受けるので、そのとき、相談員も同席して一緒に話をしてくれるとのことだ。このデイケアセンターは実家の大宮近くにあり、龍二が頻繁に訪れていた。

四月十日に、デイケアセンターの龍二担当相談員から秀一に電話がかかってきた。龍二が入院することに決まったという知らせだった。龍二は一人で進んで入院などするわけがないのだから、デイケアセンターのような存在があって本当にありがたい。こうやって、龍二の躁が手に負えなくなるまでにならないよう見守ってくれる。

翌日、龍二は昨夜も今朝も、とうとう自分のアパートにも実家にも帰ってこなかったので、秀一はしびれを切らして美也子のアパートへ行ってみた。玄関に近づくと、ちょうど龍二が出てきた。美也子は目に涙を浮かべていた。龍二がひどいことを言ったのだろう。龍二は美也子に、自分が躁になったときどうなってしまうかということを、何も話していない様子だった。そのため美也子は龍二の躁に戸惑い、どうしていいかわからず、非常に疲れているようだった。秀一は美也子に龍二の入院が決まったことを話した。すると、美也子が龍二に付き添って久喜のすずかけ病院まで行ってくれるという。秀一は龍二を入院させるために勤めを休まねばならないと思っていたが、秀一が一緒に行くとかえって龍二の具合が悪くなると美也子が言うので、入院については美也子に任せることにした。

四月十二日、入院の手続きがすべて終わったと美也子から連絡があったので、秀一は少し遅れて大宮から久喜のすずかけ病院まで行った。龍二はかなりの興奮状態だった。

「ラジカセとヘッドホンを持ってこい」と病院では持ち込みを禁じられているのに、龍二は美也子に命令していた。「金が要るからいくらか置いていけ。サッカーボールが必要だからあとから持ってこい。命令されたらすぐやれ。これから必要なものをメモするからそれを全部病院に持ってこい。一週間かそこらで退院するから連絡されたらすぐ来い。何も言うな」

これでは龍二は入院して当然だと秀一は思った。とにかく龍二が入院して心底ほっとした。

それからまもなくの四月二十四日、美也子が秀一に言った。

「私は龍二さんの子供を妊娠しているんです。その子供を産みたいんです」

なんということなのだろう。一年のうち半分は入院生活をするような龍二と結婚して子供を産むというのだ。それに美也子にはすでに前夫との間の子供が一人いる。美也子自身もうつ病で生活保護を受けている状態だ。仮に美也子が子供を産んだとしたら、龍二にも美也子にも養育する能力はないのだから、その子供の世話は、秀一に責任がかかってくる。秀一は自分の顔から血の気がすーっと引いていくのを感じた。とんでもないことになった。

秀一は、美也子に躁うつの龍二の子供を産むということについて、それがどういうことを意味するか、じっくり説明した。

「龍二は見てのとおり、いったん躁状態になると乱費して手がつけられなくなるんですよ。それでも子供を産みたいんですか」

「まあ、なんとかなるんじゃないですか」

「いや、なんともなりませんよ。こうやって入院したら誰が入院費用を払うんですか」

美也子は、ピンときていないのか、それとも、相当な覚悟があるのか、秀一が何を言っても動じなかった。秀一には美也子に、子供を堕《お》ろせ、とは言えなかった。とにかくこれからいろいろ起こることに備えて、なんとか対処していくほかない、相当な覚悟をしていかなくてはならない、と秀一は思った。


五月下旬、入院中の龍二がすずかけ病院から外泊する許可をもらって実家に泊まった。

「ねえ龍二、お前の入院中に郵便局から連絡があって、郵便配達の仕事をクビにならないように、入院していることを証明する診断書を出さなきゃならないんだよ」

「お母さん、そんなこと、入院中のいまの僕に言ったたって……」龍二は薬の作用によって朦朧《もうろう》としていた。

「だってそうじゃないとクビになっちゃうよ」

京子が龍二にやんやと言ったが、龍二には診断書を医師に依頼することなどとてもできないので、秀一が代わってすることになった。

六月十七日、龍二が退院したが、その入院費が四十万円になっていることがわかった。しかし、高額医療限度額認定制度というありがたい制度があって、その後、龍二の入院費が一部返ってきた。

八月四日、龍二が将来的に一人で生活できるように、障害者の年金として特別障害給付金というものがあることを知った秀一は、龍二の代わりに申請することにした。秀一が区役所へ行くと、二十歳より前に精神障害にかかって入院したり、薬を飲んでいたという事実を証明する必要があると言われた。さっそく、二十歳の頃に初めて入院した吉田病院に電話してみたが、入院記録は三、四年前までしか保存していないので、過去の古い記録はないという返事だった。さらに秀一は、龍二が大学生のときに入院した相和病院に電話すると、一九八四年二月から三月までの記録が残っているという。龍二はもうそのころ二十九歳になっていたのでその記録は役に立たない。

一方で、龍二と美也子が結婚する前に美也子の母親と会っておこうということになって、秀一の側も京子を連れて会うことになった。美也子、その子供、美也子の母親、龍二、京子、秀一、早苗と、七人で食事をした。美也子の母親は、自身もうつ病を患っているとのことで会話は弾むことはなかった。美也子の母親は、不安そうに秀一に聞いた。

「龍二さんとうちの美也子が結婚したあと、どうなるんでしょうね」

「こんな二人ですから、私たちにもどうなるか全くわかりません。龍二は仕事なんかできるようになりません」

秀一ははっきり言った。見守るしかないという結論だった。龍二が早苗にすずかけ病院の請求書を渡した。秀一は早苗に申し訳ない気持ちになった。これだけの負担を夫と共に課せられ、それでも嫌な顔一つせず、金を払ってくれる。とてもできることではない。もし、早苗の弟が龍二と同じような病気だったら、自分はかれに金を使う義務などないと言うだろうと秀一は思った。

岩田医師に給付金申請用に書いてもらった診断書は秀一が落胆するものであった。これでは年金どころか、給付金も受給できそうもない。龍二のような病気は、一番始末に困る。去年の六月から休職していて、八月にようやく職場復帰はしたが、働けそうで働けないのだ。結局、どこからも援助を受けることができず、といって、自分で働くこともできなかった。


十月二十二日、龍二担当の岩田医師が自活できないという診断書を書いてくれたことによって、案に相違して龍二は特別障害給付金を受給できることになり、その手続きがすべて終わり、秀一はほっとした。これで龍二は母と兄が死んだあとでもなにがしかの収入は確保できるのだ。秀一は龍二と相談して、特別障害給付金の月額約四万円からもろもろの費用を払わせることにした。

しかし、六月の退院から半年も経っていないのに、龍二がまた躁になっている、と美也子が言った。龍二は確かにまた躁になっていた。郵便配達にも行っていない。またすぐ入院の手続きを取らないと大変なことになる。

龍二がアパートから実家に来たとき、全身をすっぽり覆うような黒いコートを着て野球帽を被っていた。普段は決してしないこの姿を見ただけでも、もう即入院させなければ駄目だと秀一は思った。かなり攻撃的にもなっている。このまま放置すれば、またサラ金だの、スポーツジムだの、英会話だの、クレジットカードだの、と金を使うことになる。


十二月一日、秀一は、龍二のことですずかけ病院付属の大宮にあるデイケアセンターに電話して、翌日医師に診てもらうことになった。相談員は様子をみようと言ったが、龍二はもう完全にスイッチが入ってしまっているから、一刻も早く入院させるしか方法はないと秀一は主張した。

翌日、デイケアの担当者から電話があった。龍二とよく相談して、龍二に服薬と睡眠を約束させ、岩田医師の診察を待つことにした、とのことだった。秀一がいくら龍二を入院させたくても医師がそう判断しなければ入院させることはできない。岩田医師の判断次第である。そう思っていると、九日、またデイケアの担当者から電話があった。龍二自身が入院したいと言っているということで、十日十一時に久喜のすずかけ病院に入院することになったという。

秀一は、また勤めを休んで龍二の入院付き添いのために久喜まで行かなければならないが、今回は龍二の入院に関してデイケアセンターの対応が早いので助かった、と思った。龍二もデイケアセンターを頼りにしているので、常日頃、龍二がここには必ず行くことが保証されていて助かる。以前の秀一は孤軍奮闘していたが、いざというときには入院という解決方法があることがわかり、その入院もデイケアセンター相談員が助けてくれて、だいぶ楽にはなったのだった。

十二月十日、秀一は龍二の入院に立ち会った。まずは入院に先立ち、必ず医師の診察が必要になる。岩田医師は軽く冗談を言いながら、龍二の話を聞いていた。龍二がおかしなことを言っても、軽く受け流していた。岩田医師は、決して龍二に入院を強要せず、「今回は入院ほどではないと思っていたけれど、早く入院すればそれだけ、早く退院できますよ」などと言って、徐々に入院する気持ちにさせた。龍二は岩田医師に入院すると答えて、病棟へ行き、家から持ってきた物を、病棟に持ち込めるか、看護師がチェックした。龍二は、サングラス、ライター、テニスのボール、鏡、サッカー関連の雑誌、使えなくなった携帯電話など、持ち込んではいけないと次々と看護師から指摘された。

「前にサッカーボールはいいと言われたのに、今回テニスボールがいけないというのはどういうわけなんだよ」

龍二が看護師に喰《く》ってかかると、背の高い男性の看護師がすぐにやってきて龍二の横に立ちはだかった。何も言わずに立っているだけなのに龍二は黙ってしまった。秀一にいわせると、躁状態の龍二は弱い人に強く、強い人には弱いのだ。躁の龍二がすることは弱い者いじめである。特に、龍二にとって母親が一番弱いのだから、龍二の嫌がらせは母に向かう、これが龍二の場合の躁の特徴だ。自分に対して一番弱い人をいじめる。つまり、卑怯者の権化《ごんげ》となる。龍二に関しては、躁になるということは、本能剝《む》き出しになるということだ。弱きを助け強きをくじく、というのが理性であるとすれば、強い人にはおとなしくなり弱い人をいじめるのが、一番人間らしい本能剝き出しの浅ましい行為とも言えるだろう。したがって、龍二を見ていると、弱い者いじめは人間の本能に根ざしたことだから、もっともやってはいけないことだ、と逆に言えるのだ。

龍二が入院してからも秀一は忙しかった。龍二が作ったクレジットカードを解約する電話、通信販売で買った服や英会話教材の返品、滞《とどこお》ったガスや水道や電気といった公共料金の支払いなど、次々に用事ができた。

二〇〇九年一月、秀一はすずかけ病院の看護師に電話して、龍二が携帯電話を持っているから取り上げてくれと頼んだ。さらに、通帳と保険証を取り上げてくれないと、また別の会社の携帯電話を契約してしまう、と言ったが、それは個人の財産だから、病院としては取り上げることはできない、と言われた。

その後、すずかけ病院の岩田医師自ら秀一に電話をかけてきた。龍二が郵便配達の仕事に復帰できるかどうかをかなり気にしているという。秀一は、それについては郵便局に尋ねてあり、四月からの復帰で間に合うと岩田医師に知らせた。

龍二は一月二十五日に退院してきた。日本晴れで冬の日差しが強かった。

龍二は、退院後、実家近くのアパートへ戻り、入院中に疎遠になった美也子のアパートには行かなくなった。しばらくデイケアセンターに通うようになり、二月には職場復帰して、そこで友人とペタンクというゲームなどを通じて交流しながらリハビリに励むようになった。

三月十八日、一割負担のはずの薬代が三割負担になってしまっていたため、二十万円も余計に病院から請求がきた。龍二の自立支援医療受給者証が去年の三月三十一日で切れてしまっていたのだ。秀一は区役所の支援課に電話して、なんとかならないかと尋ねた。受給者証が切れてから一カ月は猶予期間があるがその期間内に間に合わなかったのだから無理だと言われた。龍二が受給者証の更新など躁状態になったら自分でできるはずはないのだ。

四月一日、秀一は、美也子の母親がうつになるほど美也子のことで悩んでいたことを知った。龍二が入院しているあいだ、美也子は別な男を二人もアパートに連れ込んで肉体関係に及んだというのだ。龍二はもう彼女との関係を絶たざるを得なかった。


二〇一〇年一月、龍二は去年から今年にかけて一年間躁にならず、去年の二月に復職して以来順調に郵便配達の仕事をしていた。秀一の一家にとってこれほどいい正月はなかった。

それから半年経った七月になって龍二がまた実家に夕食を食べにこなくなった。これは危険信号だった。長い間躁になっていなかったのでそろそろ危ないと秀一は思っていた。このところずっと順調に郵便配達の仕事に行っていたのだが。

さらにそれから四カ月ほど経った十一月二十四日、龍二の部屋に一晩中煌々《こうこう》と電気がついていた。龍二は眠れないまま朝を迎えたのだろう。これは躁ではないか、と秀一は思った。

そして龍二が実家に夕食を食べにきたとき、躁になっていることに秀一は気づいた。先日から『世界旅行』などという雑誌をしきりに見ていた。龍二は、僕はパリに行きたいと言ったり、友達に自宅へ来てもらいたい、などと言ったりしていた。自分の言いたいことは早口でしゃべりまくるのに、京子の言うことはまるで聞こうとしない。

「僕はもう大丈夫だから。お母さんは黙って僕の言うことを聞いて。僕のことはもう心配しなくていいから」

これはもう完全に躁である。しばらく躁にならなかったので安心していたが、やはり二〇〇九年の一月に退院して以来約二年近くで躁になった。またこれから憂鬱《ゆううつ》な日々が始まる。秀一は絶望的な暗い気持ちになってきた。龍二を入院させる難しさもさることながら、入院費用も二カ月で最低三十万円はかかる。それ以外のものは本人以外支払い義務はないというものの、医療費だけはどうしても秀一が支払わなければならない。

翌日、焦りを覚えた秀一はデイケアセンターへ電話をかけ、龍二担当の相談員と話をした。秀一が龍二の躁の証拠と思えるものを相談員に伝えると、龍二と岩田医師と相談員の三人で話し合うと言ってくれた。秀一は冷静さを失っていたが、この相談員の客観的かつ冷静な対応に、気持ちが落ち着いて、いつもの自分に戻れるような気がした。このころ、相談員は秀一に躁うつの正式な病名は「双極性障害」というのだと教えてくれた。のちに龍二と面談したデイケアセンターの相談員から秀一の携帯電話に電話があって、龍二はやはり入院させるほかない、と結論が出た。一度躁のスイッチが入ってしまったら、もうどんなことをしても戻らないのだから、入院させるほかなかった。

十一月二十九日、龍二は郵便局へ行って上司に啖呵《たんか》を切り会社を辞めてきたと秀一に言った。そして「僕は絶対入院なんかしないからね」と捨てゼリフを残してまた出ていった。こうして住むところをあてがわれ、食事の心配もなく、病院の入院費も出してもらい、好き勝手なことをして、これほど恵まれた精神病患者があるものだろうか。龍二と兄弟の縁を法律的に切ってもいいのではないか。三十五年間、龍二の暴虐に耐えてきた。もうじゅうぶん苦しんできた。もうこれで終わりにしてはいけないのだろうか。あるいは、どこかの施設に入れて二度と会わないようにするのもいいのではないだろうか。今度は社会が苦しむ番ではないのか。親子は縁を切ることはできない。しかし兄弟は他人の始まりというではないか。秀一は、龍二が一生病院暮らしになるか、施設に入るか、どうとでもしてほしいと思った。

こうなったら、龍二の入院手続きを少しでも早く進めなければならない。しかし本人を説得することが一番難しかった。秀一も京子も、龍二がこの二年間躁にならなかったのでもう治ったのかと思ったが実に甘かった。秀一はこれから死ぬまで躁、うつ、入院、退院、そしてまた躁、うつにつきあうのかと思うと陰鬱《いんうつ》な気持ちになった。とにかく傷の浅いうちに早く入院させねばならない。翌日、今回のことで、秀一と京子は話し合った。

「お母さん、龍二の躁うつはもう一生治らないんだよ。それははっきりした。こんな単純なことが三十五年もかかってやっとわかったのかと思うと僕は自分が情けないよ」

「お前はそう言うけど、龍二にはもう期待しないほうがいいのかねえ」

「お母さん、今まで何度期待を裏切られてきたと思ってるんだよ。躁になったときの落胆が大きすぎるんだから、僕はもう龍二の躁うつが治ったなんてもう金輪際考えないからね」

そのとき龍二が実家に帰ってきた。

「お前はすぐ入院しろ」秀一は命じた。

「やだよ。十六日にサッカーの試合があるんだから、絶対に入院しないよ」

そう言い捨てて龍二は出ていった。するとそこに郵便局の龍二の上司が二人でやってきた。かれらの職名は支店長と局長ということだった。龍二の解雇を告げにきたのだ。かれらとしても嫌な役目にちがいない。

「龍二さんは約十年間の勤務のなかで合計三年間休んで、さらに六カ月の猶予期間をもらって、そのうちの五カ月を使ってしまったんですよ。今回は病院から診断書をもらって一カ月の休職願を出していたんですよ」

「これでは解雇されても全く不思議ありませんよね。今まであんな人間をよく面倒みていただきました。ありがとうございました」

「免職か自己都合かどちらにしましょうか」

秀一はさらに郵便局の上司たちの話をじっくり聞いた。二人は秀一よりはるかに若かった。秀一はここまでしてくれたことに感謝しかなかった。郵便局も実にひどい疫病神を拾ってしまったものだ。龍二は「上司に啖呵《たんか》を切って会社を辞めてきた」と言っていたが、実際は休職もできなくなって解雇されてしまったのだ。

十二月一日、秀一は京子に郵便局解雇の件を話した。京子は「龍二がかわいそうだよ」と同じことを繰り返し言うばかりだった。秀一は母に龍二のことを忘れて楽しい余生を送ってほしかった。秀一から見れば母は龍二に人生を奪われたも同然だった。秀一は、龍二を入れる施設などあるのか、入院させるにはどうすればよいか、などとばかり考えていた。

早苗が、「秀一さんにこんな弟がいると知っていたら結婚しなかったわ」とぽつりと呟いたことが秀一の脳裏に矢のように突き刺さっていた。

十二月二日、秀一がデイケアセンター相談員に電話すると、龍二がセンターに来ているという。

相談員が龍二に診察を受けるよう勧めてくれて、龍二はデイケアセンターで久喜のすずかけ病院から出張してきている岩田医師の診察を受けることになったので、秀一も同席した。岩田医師の、龍二に入院を納得させる話術と説得力は実に見事なものだった。

「先生、できるだけ入院したくないけど、するとしても、しばらく待ってほしいんですよ。サッカーの試合とかあるし」

「でも、今までの記録によれば、年末や新年にかけては躁になりやすい頃ですからねえ。入院は早いほうがいいですよ」

「じゃあ、あと一週間待ってくださいよ」

「今日は木曜日ですよね。来週の月曜日に私が入院先のすずかけ病院に出勤する日なので、私の診察を受けて入院するんですから、来週の六日の月曜日に入院することにしましょう。じゃあ、すずかけ病院に電話します」と言うや否や電話をかけはじめ「ああ、もしもし、岩田ですが、来週六日の月曜日はベッドが空《あ》いていますか。ああ、空いていますね——龍二さん、空いているそうですよ——じゃあ、部屋を空けといてください」

龍二は馬鹿真面目なところがある。岩田医師が目の前で病院に電話して、ベッドの空きを確認し、同席した相談員や秀一の目の前で入院の予約を入れたので、躁のときにどれだけ支離滅裂になったとしても、もうこれを覆すことはできないだろう。実に見事な手際だった。岩田先生はこの診察のとき、四日後に入院することに龍二をいとも簡単に同意させてしまったのだ。秀一がさんざん手を焼いた入院への同意など、精神科医の岩田先生にとっては赤子の手をひねるようなものだった。

デイケアセンターの相談員は岩田医師との診察が終わったあと、秀一に言った。

「もし入院までに龍二さんが暴力的なことを言ったりやったりしたら、私に電話してください。私が龍二さんをなだめますから」

「ありがとうございます。今まで家族だけで悩んでいたのでお先真っ暗だったんですが、こうやって相談に乗っていただけると、助かります」

秀一が警察を呼んだり、救急車を呼んだりして力ずくで入院させてきたこと、京子が一人で悩んで金を使って臭いものに蓋《ふた》をしてきたこと、それは両方とも結果的に龍二の病気自体にはよくないことだったのだ。秀一は、今までどうしてもっと早く医師や専門家に相談しなかったのかと後悔した。

入院前日の十二月五日、龍二は「家の前に女が立っている。隣の娘はストーカーに遭っているんだよ」などと相変わらず変なことを言っていた。医師に薬を増やされたためか、そのあとは一昼夜寝てしまった。入院当日の朝九時に秀一が迎えに来るということは伝えてあったので、龍二はそのつもりではいるらしかった。

秀一は、これからは龍二のことに関して、対処方法がわかったので、今後の展望も開けて本当に安心した。龍二がおかしくなったと思ったら、すぐ岩田医師とデイケアセンターの相談員に伝え、医師の診察のときに入院の約束を取りつけてもらう。そして、これからも必ず二年に一度は入院するのだから、龍二の特別障害給付金は貯金させる。そうすれば、入院費くらいは、一年か二年で三十万円くらい貯まるだろう。秀一は展望が開けたことで気持ちも明るくなった。

十二月六日、龍二の入院当日の朝を迎えた。秀一は朝九時にタクシーを呼んで龍二のアパートの前につけてもらった。龍二は約束通り荷物をまとめて玄関の前で待っていた。久喜のすずかけ病院まではタクシーに限る。タクシーだと五千四百円ほどかかるが、安いものだ。何をするかわからない龍二を連れて電車で行けば、乗り換えのときにいらいらさせられるにちがいない。約四十分くらいで、すずかけ病院に到着した。

少し待ったが、十時三十分くらいに岩田医師が診察してくれて、入院手続きとなった。龍二は看護師に案内されて個室の病室に入った。いつもどおり、荷物検査があった。またもや禁じられているはずのラジカセやら、サッカーの専門誌やら、どうでもいい物をたくさん持ってきていた。そのときの龍二と看護師長との話から、数万円もするテレビを入院前に買ってしまったことがわかった。看護師に入院時アンケートをされ、職業について尋ねられると、「僕はガテン系なので」と答えた。ガテン系といえば、肉体労働者のイメージが強く、建設作業員やトラックの運転手といった職種を思い起こさせる言葉だ。しかし、龍二はろくに働きもせず、腕力があるだけなのに、看護師に虚勢を張って答えたのだ。躁になると決まって、実態とはかけ離れた受け答えをするので、まともな会話などできるはずもない。

秀一は龍二が入院したあと、帰宅して、龍二のいなくなった部屋をチェックした。これから有料の衛星放送や携帯電話などの契約打ち切りをしなければならないと思った。秀一は、龍二が入院したあとは少なくとも毎回二十カ所に及ぶキャンセルの連絡をしなければならなかった。

龍二からは病院の公衆電話を使って京子に何度も電話がかかってきた。留守録にメッセージが入っていた。

「もしもし龍二だけど、お金がないからすぐ一万円送って。洗濯とか必要なことがすごくいっぱいあるんだからな。今すぐ。あと一週間で退院だから送らないとどうなるかわかってるだろうな」

龍二は病院に任せてあって、いま一番安心していられるはずなのに、京子は龍二から脅迫的な電話がかかってくるたびに不安になって、秀一に相談した。

「秀一、お金、送ったほうがいいのかね」

「お母さん、大丈夫だよ。入院したら最低二カ月は退院できないんだから。それにあの状態で退院できるわけないじゃないか」

「でも、病院でお金が要るんじゃないかね」

「三食付きの病院でお金なんか要るはずないじゃないか」

十二月十五日、龍二が病院から一一〇番電話したと、すずかけ病院から連絡があった。すずかけ病院は看護師の許可さえあれば入院患者でも病院内の公衆電話から自由に外部へ電話がかけられる。龍二は病院から一一〇番電話して、家族が自分を精神病院に無理やり入れたので助けてほしいと言ったのだ。しかし、警察はこうした電話がすずかけ病院の患者からよくかかってくるので、折り返し病院に電話をかけて看護師に龍二の名前を伝えたので発覚したのだ。

七　自主的入院（二〇一一年～二〇一二年、龍二・五十六歳～五十七歳）

年が明けて二〇一一年の一月、いつも年末から年始にかけて波乱を起こす龍二のいない正月は、静かないい正月だと秀一はしみじみ思った。三が日が終わって、秀一は龍二の携帯電話を解約する手続きを済ませた。電話というのは躁うつの龍二にとっては魔物だ。今後二度と龍二に携帯電話など持たせまいと決意した（しかし京子が龍二への連絡に困るというので、のちに再び龍二は携帯電話を持つことになってしまった）。

一月十七日、約一カ月の入院で龍二が退院して、また実家近くのアパートに戻ってきた。今回の入院は短かった。

秀一は何度も病院で医師や看護師や相談員と会っているうち、入院から退院までのプロセスを観察していて、どのような経過をたどって退院に至るかがわかってきた。

まず、入院時に重症の場合は、個室に入れられ、時には「抑制」といってベルトで体の動きを封じられる。投薬や診療の結果、しばらくして落ち着いたら次に病棟内の行動が自由になり、さらに病院敷地内の行動が自由になり、次いで病院の最寄り駅までの往復が許可され、最終的に二日ほどの自宅への外泊が許され、退院となる。

今回の入院は軽症だったので、最初のいくつかのプロセスが省かれ比較的短期間で退院の許可が出たのだ。

龍二は何度も入退院を繰り返していて退院は初めてのことではない。普通は退院時に家族の同伴が必要だが、病院側が家族の負担に配慮して、龍二ひとりで退院させていいか秀一に尋ねてきたので、秀一はもう龍二の入退院に付き添うためにいちいち仕事を休むのが嫌だし、すずかけ病院にもできるだけ行きたくなかったので、即座に付き添いなしで退院することに同意した。

退院のこの日は寒さが厳しかったが、龍二は薄着でひとり退院した。実家に来た龍二に秀一は不満を漏らした。

「お前が入院したあと、衛星放送、電話会社、レンタルビデオ店、新聞配達店、通信教育会社、服屋、いろんなところから請求書が来たけど、一つ一つキャンセルするのに時間がかかったよ」

「そんなこと僕に言われても……」と龍二はまるで他人事《ひとごと》のように言った。もう少し何か言いたそうだったが、ぼそっと、「ごめんね」とだけ言った。それが龍二の精一杯の謝罪なのだろう。

それからしばらくのあいだ龍二はデイケアセンターに通って同病の患者だけが働く喫茶店でコーヒーを入れる仕事をして日を過ごしていた。時折、「薬のために体がぐるぐる回っている」と言ったり、もりもり食べながら「味覚がおかしくなっている」と言ったりしていた。このようなとき、龍二は呆然として何もできないので、秀一は国民健康保険の証書や高額医療費認定書（限度額適用認定証）などを龍二の代わりに役所へ行って更新しなければならなかった。

四月十七日、龍二は秀一に意外な事実をぼそぼそと呟《つぶや》くように語った。

「前につきあってた美也子の妊娠は狂言だったよ。流産したなんて言ってたけど嘘だったんだよ」

「あいつ、なんでそんな嘘ついたんだよ」

「この実家が僕の財産だと思ってそれを狙ってたんだよ。僕が躁のとき、『あの家は僕の名義だ』って言ったからね。だから僕が退院してから『この家はあにきの名義で、僕は一文無しだ』と美也子に言ったら、そのあともう何も言ってこなくなった。美也子のほうから僕には一切連絡してこなくなった」

「じゃあ、だまされたのはお前のほうだったのか。美也子さんのお母さんと会食したとき、お母さんがなんとも言えない、苦しそうな表情だったけど、その意味が今になってわかったな」

「お母さんは美也子がそうやって人を平気でだます女だとわかっていたからね」

龍二は退院後四カ月のあいだデイケアセンターに通っていた。

しかし、五月十七日、龍二がまた躁の兆候を示しはじめた。秀一はこれ以上龍二の世話をすることは無理だと感じていた。秀一は五十八歳となっており、体力的にも経済的にももうこれ以上続かないと思えた。


五月二十四日、秀一は大宮のデイケアセンターに行って、龍二担当の相談員と会った。

相談員は、龍二がなんとか自分で入院できるようにもっていかなければならないと言った。また秀一と京子と龍二が世帯を一緒にしているのは、お互いに負担になっている、とも言った。龍二は実家近くのアパートに住んではいたが、戸籍上は住民票を移しておらず、同じ世帯に住んでいることになっていた。相談員の言うことはもっともなことだと思った。秀一はいろいろ話をして、気持ちがすごく楽になった。やはり誰かに悩み事について話すということは大事なことだ。

しかし、このときは龍二は結局躁転しなかった。

それから三カ月後の八月二十日、また龍二が夕食を実家で食べなくなり、躁の兆候を示しはじめた。

その後、龍二は二度、軽い躁状態になった。

十二月にうつ状態となり、自分のアパートから一切出てこなくなった。

翌年の二〇一二年一月、龍二は依然としてうつでアパートの部屋から出てこられなかった。龍二が静かなので穏やかな正月だった。前回の年末は龍二を入院させるまでの工作に弄走し、秀一は疲れ果てていた。それを思えば、今回の年末はそのようなこともなく新年を迎えられた。うつで寝込んではいるが躁で暴れるよりは遥かにましだった。

龍二はそれから四カ月、昼間いつまでも寝ている生活を続けていた。

五月十六日、京子が階段から落ちて骨折しベッドに寝ていた。そこへ龍二が来た。京子はもう八十四歳になっていた。

「お母さん、僕の病気はもう大丈夫だよ」

「そう。よかったね」

「いろいろ心配かけたけど、これからはもう自分のことは自分でなんとかするから」

「お母さんもそれなら助かるよ」

「これから独立するからお金が要るんだよ。少し貸してよ」

「お母さんだってもうお金なんかないよ……」

「なければ誰かに借りればいいじゃないか」

「誰に？」

「そんなこと知らないよ」

「じゃあ、秀一に借りるよ」

秀一は、龍二が躁になると決まって「独立」「大丈夫」と言う癖があることをこれまでの経験からわかっていたので、この京子とのやりとりを知って、もう躁が進んでいる証拠だと覚悟した。また入院騒ぎとなるのだ。龍二は一瞬にして躁の頂点まで行ってしまった。

秀一はデイケアセンターの相談員に電話して龍二の入院について相談した。相談員から龍二に話してもらうと、龍二の調子がかなり高くなっているのはわかったと言った。秀一はちょうどこのころ出張でアメリカへ発たねばならなくなった。秀一は相談員に会いに行った。

「これから龍二を入院させなきゃいけないんですけれど、ちょうどこれから仕事ですぐ海外へどうしても出張しなければいけないんですよ。キャンセルしたほうがいいでしょうか」

「そういうときはなんとかなります。お兄さんにはお兄さんの人生があります。龍二さんのために犠牲になる必要はありませんよ」

相談員の言葉はありがたかったが、秀一は、これまであらゆる危機をかろうじて乗り越えてきたものの、龍二の入院直前に海外へ出張しなければならないということは初めてだったので、心配で仕方なかった。

そのうち龍二の状態は急激に悪くなった。何カ月も昼間寝たままのうつ状態でいて、突然一週間で極度の躁になってしまうなどということは、今までにないパターンだった。

秀一には龍二が暴れまわるのがわかっていたので家を留守にできなかった。秀一は逡巡《しゅんじゅん》していたが、龍二が実家の玄関にいるとき思い切って対面した。龍二はかなり興奮していたが、木曜日には必ず岩田先生の診察を受けると約束した。これなら、木曜日には間違いなく診察に行くだろうし、その場で入院を約束させられるだろう。入院が決まれば、自分一人で行かれるように相談員に言っておけばよい。これでなんとかなるだろうと秀一は思った。

そして入院前日となった五月二十二日、龍二が実家に来て早苗に言った。

「金をくれないと、台所にある物を全部持っていくからな」

「何でも持っていきゃあいいじゃない」

「僕をなめるなよ」

「そんなこと知らないよ」

「いくらでもいいから貸してよ」

早苗は面倒になって千円だけやった。もう京子にせびることができないのを知って、今まで無心をしたことがない早苗に言ってくるのだから、相当、躁が頂点まで進んでいるということがうかがえた。あっというまに躁の症状が進んでしまったら、もう手のつけようがない。龍二の躁は少しずつ症状が出てくるとは限らないことが明らかになった。

秀一は、家族が面倒をみるのはもう限界だ、龍二をどこかの施設に入れることはできないのだろうかと思った。母の京子は高齢で龍二の尻ぬぐいができなくなった。秀一の妻や子供たちや、まして叔父叔母といった親類など龍二の世話をできるはずはない。秀一以外に龍二の世話ができる人がいなくなってしまった。その秀一自身も、いつまでも龍二の世話をできるとは限らないことを思い知った。つまり龍二はいつの日かそう遠くない将来に間違いなく自立して一人暮らしをしていかなければならない。

その後、秀一はアメリカ出張に旅立ったが、龍二は無事一人で入院した。デイケアセンターの相談員が、龍二に入院に関する指示をしてくれた。龍二は自分一人でタクシーを呼んで病院に行き、診察を受けて入院した。

龍二は入院してまもなく、トイレットペーパーで自分の体をぐるぐる巻きにして、「ミイラだ」と言ったり、床を必要以上に掃除したりした、ということで、病院は「抑制」、つまり龍二を革のベルトで縛った。このことで躁が最高潮の状態だったことがわかる。病院はアメリカにいる秀一にわざわざ電話をかけてきて、人権上の問題でこの「抑制」について家族の同意を取った。家族の同意がなければこの「抑制」という医療行為は実行できないのだ。

秀一が海外出張から帰り、龍二のアパートへ行ってみると、洗濯物が積み上がったままになっていた。いつものように床面が見えないほどゴミが部屋中に散乱していた。

龍二は、三カ月の入院ののち、八月二十六日に退院してきた。まだ暑さが厳しく外を歩く人々は蒸し暑さに顔をしかめていた。秀一は、龍二が退院したばかりなのに、次はいつまた躁になるかということに怯えて暮らしていかねばならないと思うと、落ち着かない気持ちだった。龍二がすずかけ病院に診察にいくようになった二〇〇四年以来、約十年間、ほとんど一年に一度は躁や入院という事態になっていた。

それから龍二は半年ほどのあいだ毎日デイケアセンターに通っていた。

八　躁うつ患者用の施設

（二〇一三年～二〇一五年、龍二・五十八歳～六十歳）

二〇一三年二月二十三日、春が近くなって龍二がまた躁になってきた。秀一にはお馴染《なじ》みとなっていた何とも言えない不快感が蘇《よみがえ》ってきた。

龍二は実家に夕食を食べにこなくなった。しゃべり方もおかしくなってきた。龍二は完全に躁のスイッチが入っていた。

秀一は即座にデイケアセンター相談員に電話した。相談員は、龍二の病状をすでに把握していて、今回も前回と同じように自分でなんとか入院しなければいけないことを自覚させると言ってくれた。

三月一日、龍二がいよいよ狂乱寸前になっていた。秀一が特別障害給付金の中から毎月龍二に渡している三万円を龍二が一日で使い果たしてしまったら、また母に金をせびりにくるだろう。またもや秀一の自転車を龍二が乗っていってなくしてしまった。これでいったい何台の自転車を龍二が乗っていって放置しただろうか。

今回も、デイケアセンターの相談員と岩田医師と連携して、龍二が自分でなんとか入院する方法を見つけ出す道を模索した。

三月十三日、龍二がますます高揚していた。前の夜は眠れなかったとみえて、実家に来て朝早くから誰かに大声で電話していた。

三月十九日、龍二は実家の階段を勢いよく上ったり下りたりし、騒々しいこと極まりない。秀一は精神的緊張と疲労で限界が来た。

秀一がすずかけ病院に電話すると、ベッドが空《あ》いているから今日すぐに入院できるという。しかし秀一には龍二を説得する気力がなかった。

三月二十一日、龍二は案の定、一日で三万円を使い果たしていた。八十五歳にもなる京子に、龍二はこの日も無心しにきた。いつもの躁のとき特有の格好で、後ろ前に野球帽を被り真っ赤なTシャツを着ていた。

「僕は車でどっかに突っ込んで死のうと思ってるんだよ」

「ああそうかい」

「この家に火をつけたら面白いよな」

「馬鹿なことを言うんじゃないよ」

「お母さんはどうして僕の話を聞いてくれないんだよ。死ね」

「ちゃんと聞いてるじゃないか」

「お母さんは頭がおかしい」

「お前、今日の晩御飯はどうするの」

京子が信じられないようなちぐはぐな受け答えをして、これを聞いていた秀一の苛立ちを極限まで高めた。

龍二は京子から金をもらえないとわかって、秀一の娘で二十代になっていた裕美にも金を借りようとした。

「裕美、五百円でいいから金を貸してよ」

「やめろ！」秀一は見るに見かねて怒鳴った。いくらなんでも姪《めい》にまで無心するとは、龍二はこうなるともう人間ではない、人の皮を被った悪魔だ。「お前はもう入院しろ」

「僕は忙しいんだよ。サッカーの試合があるし、やらなきゃいけないことがありすぎて、そういうことを全部片づけてからでなきゃ」

龍二はそう言いながら、どこかへ出ていった。一銭の金もないのだから、デイケアセンターくらいにしか行くところはないはずだ。

そのあと大宮のデイケアセンター相談員から秀一に電話がかかってきた。

「私が龍二さんと相談したら、かれは岩田医師の診察を受けて、これから一人で入院すると言いましたよ。お兄さんはお兄さん自身の生活を大切にしてください」

「ええ？　自分で言ったんですか。本当ですか。ありがとうございます」

秀一は天にも昇る心地だった。

こうして龍二は久喜のすずかけ病院までタクシーに乗っていき、一人で入院した。相談員の勧めが功を奏したのだとは思うが、一人で入院したのは二度目なので、秀一は大きな進歩を感じて嬉しくてたまらなかった。


三月二十二日、すずかけ病院の医師から秀一に電話がかかってきた。

「龍二さんは無理やり入院させられているという意識が強いですね」

「そうですか、無理やりですか。今回は一人で入院したんですが」

「入院したあと、かなり興奮状態が続いていまして、暴れて暴力をふるいそうなので抑制します。許可を出していただけますか」

「はい、もちろんです」

前回の入院時と同じく、最悪の状態で入院したことがわかった。秀一は龍二の入院中、あれこれ考えをめぐらせた。

五月には、もう龍二には病院から帰ってきてほしくないと秀一は思うようになった。帰ってくればまた同じことの繰り返しだ。またあのぞっとするような躁の暴走、そして入院劇が始まる。

秀一には先行き起こることがありありとわかっていた。龍二が退院して実家近くのアパートに戻る。しばらくは昼間アパートで呆然自失の状態で暮らし、夕食だけ実家に食べにくる。そのうち少しずつデイケアセンターに行ったりしているうちに再び躁になる。実家に食事をしにこなくなる。ときどき夜中遅くにやってきて母に脅迫まがいの金の無心をしはじめる。手当たり次第に女性を追いかけはじめる。周囲の人々に借金したり嫌がらせをしたりして迷惑をかける。秀一の妻や子供たちに暴言を吐いて、一家の平和をかき乱す。外に出かけて乱費の限りを尽くす。これに耐えきれず秀一が病院と相談員と連携して苦心惨憺《くしんさんたん》の末に龍二を入院させる。またしばらくすると二、三カ月後には龍二が退院して実家近くのアパートに戻る……もうこの繰り返しには耐えられない。そう思うと、秀一は初めて退院後の龍二を引き取ることを拒みたい気持ちになった。

そうこうするうち、かねてから相談していた障害者自立支援センターの職員から秀一に電話がかかってきた。

「障害者自立支援センターの者ですが。しばらく前にお兄さんから今までの経緯をすべて説明していただいて、どうすればいいか、検討していました。龍二さんは施設に入れなければなりませんね」

「でも、龍二みたいな躁うつの患者が入れる施設なんかあるんですか」

「いま精神障害者の施設はたくさんあるんですが、利用者が利用者同士、暴力をふるったりして怪我《けが》をさせないということが最低条件なんです」

「それでは、龍二のような場合は無理でしょうね」

「難しいかもしれませんが、考えてみます。龍二さんが退院する前に主治医の先生とお兄さんを交えてよく相談してくれませんか」

時を同じくして、すずかけ病院の相談員からも秀一に電話がかかってきた。

「龍二さんが退院する前に、このまま自宅へ戻っては入院することを繰り返すより、施設に入る方法を主治医の岩田先生と話し合ったほうがいいと思います」

「そうですか。そんな施設があるんでしょうか」

「できるだけ探してみます。まずは龍二さんの気持ちを考えなければいけません。先生と龍二さんとお兄さんと私の四人で相談しなければなりません。お兄さんが龍二さんの引き取りを断ってもいいんですよ」

秀一は、ここで退院後に引き取りを拒絶する方法もあるということを初めて知った。入院したら必ず実家近くのアパートに退院してくるものだと思い込んでいた。しかしそのようなことは半信半疑だった。秀一が京子にこのいきさつを話すと、京子は言った。

「でも、龍二がかわいそうだよ。病気になりたくてなっているわけじゃないんだからね。お前が龍二みたいになっていたかもしれないんだから。世の中にはもっともっと大変な人がいるんだよ。子供が二人とも躁うつの親だっているんだからね」

「どうしてかわいそうなんだよ。僕のほうがよほどかわいそうじゃないか。もっと大変な一家もあるかもしれないけど、そんなことは百も承知だよ。その人はその人、うちはうちだろ！」秀一はかっとなって反発した。「龍二自身は、考えてみれば一番いい思いをしているかもしれないじゃないか。働きもしないで、好きなことをして、何千万円という金を使って遊びまくって、一体どこがかわいそうなんだよ。龍二自身も、躁のときは気持ちがすっきりするって言っているじゃないか。かわいそうという言葉ほど龍二に当てはまらない言葉はないよ。僕のほうがよほどかわいそうだよ」

秀一は、京子の言葉を冷静に受け止めきれず、思わず大声を出してしまっていた。このままいけば家族全員が破滅だというようなときに、その一番の原因となっている龍二がかわいそうだなどとよく言えたものだ、と苦々しく思った。しかし秀一も、京子の激しい反発によって、引き取り拒否が本当にできるなどとは思えなくなり、また自宅に引き取るしかないという結論になってしまった。

龍二が入院して二カ月ほど経った五月二十三日。その日、秀一は今までとは違う覚悟で、龍二の担当医である岩田医師と決定的な相談をするつもりで、勤めを休み、久喜のすずかけ病院へ行った。龍二の躁はほとんどおさまっていた。

秀一と龍二は一緒に岩田医師の診察室に入った。龍二は岩田医師に言った。

「僕はこの病気を治そうと思ったんですけど、三十七年も続いているのでもう治らないと観念しました」

「そうですか。ちゃんと薬を飲めば普通に生活できる人もいるんですがね。ところで、お兄さん、弟さんはラピッド・サイクラーになりましたね」

「先生、それはどういう意味ですか」

「ラピッド・サイクラーというのは、急速交代型ともいわれていまして、一年のうちに四回以上、躁状態、うつ状態を繰り返す躁うつの型をいいます。弟さんは、あと十回は入退院を繰り返すでしょうね」

「そうですか、先生、そうなると、龍二の場合、あと最低十回は入院させなきゃいけないんですね。入院させるのが一苦労なんですよ。治る可能性もないんでしょうか」

「そうなりますね。弟さんの場合、将来、認知症、しかも重度の症状になったりしないと、この躁うつは治らないと思います」

「では、躁うつの患者を入れることのできる施設はないんですか。アパートで一人暮らしをさせるというのはどうでしょうか」

「そういう施設は世界中でスウェーデンに一カ所だけありますが、日本にはまだありません。そもそも弟さんのような病気の場合は、一人暮らしをするのは現実的ではありません。いつ躁転するかわからないので。これからは、本人が躁になるまえに自覚させるようにして自主的に入院させる方法でいきましょう」

「わかりました。先生、よろしくお願いします。でも私が年金生活者になって、収入がなくなったら入院費用はどうなるんでしょうか」

「それは病院側としてはなんとも言えません」

このときの面談で秀一は初めて「ラピッド・サイクラー」という新しい言葉を聞き、ますます絶望的になった。「あと十回か」と秀一は呟《つぶや》いた。秀一は、世界に一つしか施設がないのなら龍二をどこかへ預けることもできず、かといって病院でそのままずっと面倒をみてもらうという考えも浮かばなかった。躁うつの龍二を預かってくれるような施設は、費用や人員配置のことを考えても現実的でないことは秀一にも容易に理解できた。龍二は、一瞬にして躁になるのだから、躁になったら即座に入院させるために二十四時間監視していなければならない。秀一は、そのような施設はどれだけ費用がかかるか、想像するだけでも無理だと思った。


六月八日、龍二が退院してきた。

また地獄が始まるのか。しかしこれからは龍二自身で自覚して入院するように言い渡そう。秀一はそう覚悟を決めつつ、こうも思った。躁の人間を入院させるのは、医者の仕事であり、国家の仕事であって、自分にはとてもできない。このような人間は国家が面倒みるべきなのだ。

　龍二は以前と同じようにリハビリのためデイケアセンターに通った。


　退院後、半年経った十二月二十三日、龍二が早朝六時に実家にやってきた。明らかに龍二の顔つきが異常だった。上気して、目がつりあがり、顔の上半分が薄暗くなったような表情だった。

「昨日、自転車の鍵をなくしたんだけど、それを返しにきたんだよ。お母さんにいま電話したんだけど、お母さんは頭がおかしくなってるから電話に出やしない」

　朝の六時に母親に電話する自分のおかしさを棚に上げて、龍二はわけのわからないことを秀一に言った。龍二はすでに躁になっていた。その数日前に龍二が京子と一緒に東京で行われた新興宗教のパーティーに出かけたことが災いしたにちがいない。その刺激がよくなかったのだ。龍二はこうした大勢の人の中に行ってはいけないのだ。

　躁転するまえに予防で入院する方法に期待したが、躁が軽いうちは入院できず、重くなってからは簡単に入院させることができない。ひどくなるまえに入院させるのはやはり無理だった。

　龍二が躁転して家の中は混乱した。

　秀一は例によって即座にデイケアセンターの相談員に電話し、岩田医師の診察を明日受けるよう龍二に言ってもらった。今年は三月と十二月、年に二回躁になった。そしてこれから入院すれば最短二カ月は入院し、入院費がかかる。秀一はもう六十歳になっていた。すぐに勤め先の大学で定年を迎えて年金生活者となり、それが払えなくなる……躁うつには施設がない……と、どうなるか……。いつもこの議論の繰り返し、堂々巡りだった。

十二月二十七日、龍二は幸いなことに再び自分で入院した。デイケアセンターの相談員が躁がひどくなるまえに入院するよう龍二を説得してくれたのだった。実にありがたいことだった。龍二がひどくならないうちに、みずから入院したのは格段の進歩で、今後の大きな希望につながった。秀一が心の中に不安としてあったことは、秀一自身が病気になって入院したり、死んだりしたあとの、龍二のことだった。今回のように手間をかけずに龍二自身で入院できれば、金銭的負担以外は誰にも迷惑をかけなくて済むということだ。このことは秀一が抱いていた不安を大きく解消した。

やがて二カ月あまりの入院後、二〇一四年三月六日、龍二が退院してきた。昨日から降り続いた春の雨は上がっていた。

その後、半年間、龍二は朝遅く起きて午後デイケアセンターに通っていた。

八月十日、龍二の目がぎらぎらしてきた。三月六日に退院してきたばかりなのに、もう躁のスイッチが入っていた。岩田医師のラピッド・サイクラーという言葉が、秀一の頭の中で谺《こだま》した。

秀一は、こうやって一年に何度も入院の心配をしなければならないなら、もう生涯病院にいたほうがいいのではないかと思った。それでも龍二は秀一に「この夏は乗り切れるかもしれない」と言うのでそれを信じてしばらく傍観しようと決めた。

ところが、龍二は俳句通信講座をやると突如言いだした。そして一晩中寝ずに大音量で音楽をかけはじめた。朝七時から八十六歳になる京子に金をせびりにきた。

ある日、今まで口も利いたことがない向かいのご主人と龍二が話をしていた。

「僕は今まで郵便配達をしていたんですけど、嫌になってやめたんですよ」と龍二。

「そうですか……」と向かいのご主人。

「今度は別なことをやろうと思っているんですけどね」

「はあ……」

「サッカーのチームに入っていて、喫茶店の経営もしてるんですよ」

龍二の躁は絵に描いたような順序で進行していった。秀一がデイケアセンター相談員に電話すると、岩田医師と話をしてから折り返し電話するとのことで、しばし待っていると相談員から再び電話があった。

「龍二さん本人が興奮状態が高めだという自覚があるので、自覚のあるうちは正常な意識が残っているということで、入院は時期尚早と岩田先生は判断しています。私も龍二さんと先ほどデイケアセンターで話したんですが、躁の頂点までは行っていないと思います。でも、いざというときは早めに対処しましょう。龍二さん本人にもそう話しました。龍二さん本人も躁であることは自覚していますよ」

　秀一は、龍二の言葉を真に受けて、「この夏は乗り切れるかもしれない」などと思ったことを反省した。肉親というものはどうしてかくも愚かなのだろう。四十年近くも一度躁のスイッチが入ったら止まらなかったのに、今回だけ止まるわけがないのだ。本人に言われるとそう思ってしまうなんて情けない。一刻も早く入院させるほかに道はない。しかし医師は躁がかなり進まないと入院させない。躁転してから入院までの、軽い躁のとき、いわゆるグレーゾーンにいるとき、龍二が金を要求したり、毒づいたりして、困ったものなのだ。

　龍二は夜になって実家へ裏口から入ってきて、寝ている京子に無心をし、金を渡されるとさっさと消えてしまうという日常を繰り返していた。

　この状態がこのまましばらく続いた。

　翌週も岩田医師の診察があったが、入院という結論にならなかった。龍二は毎晩二千円、五千円と京子からむしり取っていってはその日のうちに使ってしまい、また次の日に京子からむしり取っていった。


　九月二日、龍二はまだグレーゾーンにいた。

　普通なら一気に躁が進むのに、いつまでもひどい躁でもなく、正常でもない。

　龍二は今朝も食べ物を求めて実家に来た。早朝食べ物を取りに来て、京子が千円渡した。八十六歳の京子は、よろよろして見るかげもなかった。このころ、京子の動作は極端に緩慢になり、判断力も著しく低下し、食欲もなく、あのどこまでも通った大きな声もか細くなっていた。虚血性視神経症によって右目を失明してもいた。龍二はこういう親の弱々しい姿を見ても、躁のときには容赦なかった。

「お母さん、いつまでも寝てないで、二階から下りてきてよ」

京子はふらつきながらようやく二階から下りてきた。

「もうお金なんかないんだよ。これは秀一にもらったんだからね、大事に使うんだよ」

「わかったよ。うるさいな。お母さんは一言もしゃべるな。僕の言うことだけ聞け」

龍二はそう言って金を受け取り、食べ物をごっそり冷蔵庫から持っていった。

九月十一日、龍二が一気に躁を激化させた。一階から京子のいる二階に向かって怒鳴りつけた。「僕が待っているんだから、いますぐ金を持って下に下りてきて！」龍二は力任せに冷蔵庫のドアを開けてそのドアを壊し、食べ物を袋にどさどさと投げ込んだ。「こんなうどんなんかまずくて食えるかよ」と、うどんを流しに棄《す》てて、「なんで僕ばっかり苦しまなきゃいけないんだよ」と怒鳴り散らした挙げ句、京子から千円をむしり取って帰っていった。

秀一は悔しかった。これだから、岩田医師とデイケアセンター相談員に一刻も早く入院させてくれと言ったのだ。龍二の様子がおかしいと思ったら、すぐさま入院させねば駄目なのだ。いずれにしても一度躁になったら、絶対戻りはしない。

「躁の疑いがあったあの時点で入院させなければ駄目だ。それなのに病院は入院させてくれなかった。この状態を見てみろ」

秀一は虚しい独り言を呟《つぶや》かずにいられなかった。

九月二十六日、デイケアセンター相談員から秀一に電話があった。

「いま龍二さんと会って、自分で入院するように説得したんですが、不調に終わりました。でも岩田先生は龍二さんは『限りなく赤に近い黄色信号』と説明していましたよ」

「それはわかりやすい説明ですね。それを聞いたら、誰でも納得しますよね。でも、龍二は私の見るかぎりもう危険な状態ですよ」

二日後の九月二十八日、龍二が実家の前を歩いていると郵便局のミニバンが走ってきた。

龍二は目をつり上げて顔を上気させ射貫くような目つきでミニバンの前に立ちはだかった。

龍二は「危ねえだろ、このやろう」と叫びながらこのミニバンの胴を蹴ってから、フロントガラスに覆い被さり揺すりはじめた。ミニバンは最初小さく、そのうち次第に大きく大きく揺れだして、揺れが最大になったときぐわんと横転してしまった。運転していたのは中年の女性で顔が恐怖で引きつっていた。すぐそばを歩いていたお年寄りが驚いて立ち止まった。龍二はわめいた。

「早く行けよ、このくそじじい、気持ち悪い」

秀一はもう警察を呼ぶほかないと思った。秀一は慌てて運転手が運転席から這《は》い出るのを手伝った。怪我《けが》はなく、女性運転手はすぐに郵便局へ電話をかけて助けを呼んだ。龍二はいつの間にかいなくなっていた。

秀一はその女性に龍二の病気のことを話した。

「先ほど車を倒した男の兄です。本当に申し訳ありませんでした。かれは精神病を患っていましてね。興奮するとああいうことをするんですよ。なんなら警察に通報してくださっても結構です」

「そうですか。怖かったですけど、病気じゃしょうがないですね」

すぐに郵便局の車が助けに現れ、その車で駆けつけた二人の男性が倒れたミニバンを起こして去っていった。

秀一はこの出来事の直前に、テレビでニュースを見ていた。アメリカのCBSというテレビ局の番組で、上院議員の息子が親を刺して警察に撃たれて殺された事件を報じていた。息子は躁うつ、つまり双極性障害だったとのことだ。秀一はこのとき初めて英語でこの病名はバイポーラー(bipolar)というのだと知った。息子がコネチカット州ニューヘイヴンのエール大学病院から退院した直後だとのことだ。秀一にはこの事件の状況が手に取るようにわかった。

その翌日の九月二十九日、龍二の顔を見て秀一はぞっとした。目がつり上がり、顔が上気し、完全に別人の顔だった。もう一刻の猶予もならない。

秀一はデイケアセンター相談員に電話した。

「龍二がもう躁の頂点に来ているんですよ。昨日は郵便配達のミニバンをひっくり返しました。その運転手や通行人にひどい暴言を吐きました」

「そうですか。もう入院させるほかありませんね。でも、お兄さんが龍二さんを説得して今日か明日、久喜のすずかけ病院に連れていくしかありません。私どもが連れていくことはできないんです」

「それはそうでしょうね。でも、私はもう体力も気力もなくなってきました。還暦を過ぎて、もうこれ以上は無理です」

秀一は二カ月もの長期にわたって龍二の言動によって神経をすり減らされていた。

その後も龍二は実家にやってきては戸棚や冷蔵庫から食べ物をどっさり持っていった。そして二階に上がっては京子から金をせびり取っていった。それでも、秀一にとって救いなのは、孤軍奮闘していた頃とは違い、話を聞いてくれるデイケアセンター相談員や岩田医師がいることだ。


年が明けて二〇一五年一月、龍二は暴れた挙げ句に自分も疲れたのか、あるいはすずかけ病院に診察にいったときにもらった強い薬のせいか、朦朧《もうろう》とした状態になり、いつの間にかおとなしくなった。

それから約半年後の七月十一日まで静かな状態が続いた。そして、龍二はこのころに香澄《かすみ》といううつ病を治療中の女性と親しくなるという躁のときよくある出来事はあったが、年末になっても躁の兆候を示さなかった。

秀一の一家は、二〇一五年の年末から年始は無事に過ごせた。

九　施設入居（二〇一六年〜二〇一八年、龍二・六十一歳〜六十三歳）

二〇一六年一月になった。毎年、正月というと龍二が入院中の病院から一時帰宅したり入院中で秀一が必要な物を届けたりしていたが、今年はそれが全くなかった。

やがて、龍二が秀一に毎月の小遣い三万円を四万円にしてくれと秀一に頼んできたので、躁の傾向があらわれはじめたと気づいた。秀一はまた憂鬱《ゆううつ》な毎日が始まるのかと暗い気持ちになった。しばらく忘れていた何とも言えない不快感が蘇《よみがえ》ってきた。

もうすぐ秀一の収入がなくなって龍二の入院費も払えなくなり、面倒をみる人間もいなくなったらどうなるのか。遅かれ早かれその時期は来る。

秀一が龍二のアパートにこっそり様子を見にいくと、龍二が自分の部屋でひっきりなしに電話でしゃべりつづけていた。かなり興奮した声だ。

「香澄、僕は二人で暮らしたいんだよ。僕は香澄に僕の子供を産んでもらいたいんだよ。もうすぐ家を出て独立するつもりだからね。ここにいると駄目になりそうなんだよ。僕はこんなくだらない家族から離れて独立したいんだよ」

病気とわかっているのに、それを聞いて無性《むしょう》に腹が立った。そのうち龍二が出かけたので、その留守中にアパートの部屋に入ってみると電熱ヒーターとエアコンがつけっぱなしになっていた。秀一はうんざりして独り言を言った。

「火事にでもなったらどうするんだ。僕が若いときならいざしらず、こちらも年を取って、お前が出かけた後いちいちチェックする体力も気力もなくなった。お前が死ぬまでこれが永遠に続くのかと思うとうんざりだ。もうお前のことは見捨てようと思う。兄が弟の面倒をみる必要など、あるいは義務などあるのか。親でも子供を見捨てることがあるというのに。僕にはもうこれ以上できない。若いうちはよかったが、こうして六十三歳にもなると、だんだん自分のことだけで精一杯になってくる」

夜になって、龍二が実家にやってきて大きな足音をたてて二階に勢いよく上っていったかと思うと、京子に大声で金の無心をするのが聞こえてきた。京子は八十八歳になって弱ってきて、一日中二階のベッドに寝たまま過ごすようになっていた。

「お母さん、僕だって苦しんでるんだよ。家族のために犠牲になってるんだからな。お金がなかったら誰かに借りればいいじゃないか。僕だって忙しいんだから早くしてくれよ。サッカーの試合とか友達の誕生日会とか、行かなきゃいけないところがたくさんあるんだよ。あちこちから来てくれって言われて困ってるんだよ」

龍二は、躁になると決まって尊大になる。秀一はもう少しで怒鳴りつけそうになるのを抑え、言葉をぐっと飲みこんだ。

お前なんか、社会的にゼロ以下、なんの価値もない人間なのに、いかにも大層な口を利くじゃないか。貴様、何様のつもりなんだ。

秀一はいくら躁うつの症状が表れただけだとわかっていても、秀一が稼いだ金を無駄に使われたりして実害を被ると、どうしても、病気が言わせているだけなのだと許す気持ちにはなれなかった。龍二が正常に戻ったときも、秀一の心の中には龍二の躁の言動や苦々しい思いが傷として残った。

秀一はもういっそ死んだほうが楽なのではないかと思った。人生でいろいろ嫌なこともあったが、本当に死にたいと思ったのは初めてだった。老人性うつ病かもしれないと思った。秀一は絶望的な気分で考えた。龍二の躁うつに対処しながら、一方で普通に生活していくなどということはもうできない。薬で治らない。引き取る施設もない。家族もお手上げ。しかし、病気は続く。この先どうしたらいいのか。

二月一日、龍二の躁は続いていたが、躁とうつ状態の中間にあるようだった。

しばらくして、龍二が今日から実家で夕食を食べると言ってきた。強烈な薬を飲んでいるのか、ひどい躁にならなかった。

龍二は遅かれ早かれ誰の世話にもならないで暮らしていかねばならなくなるのだから、一人で生きていく練習を徐々にしていかないといけない、と秀一は思った。京子と秀一が死んだあと早苗に面倒をみさせること、ましてや、達也や裕美に面倒をみさせることは絶対にしたくないというのが秀一の切実な思いだった。

その後、龍二が一月の中旬に躁転してたった一カ月で普通に戻った。龍二の病歴四十年で前例のないことだった。

躁のあいだいつものようにテニスだ、サッカーだ、英会話学校だ、サラ金だという乱費も一切なかった。龍二の六十一歳という年齢のせいか、あるいは薬のせいか。それとももし躁うつが治ったのだとしたら奇跡だ。龍二の躁はとうとう終わったのか。今までと違って、もうひどくはならないのだろうか。躁状態がこれほど早く治まるということがあるのだろうか。

秀一は、龍二がもうこれまでのように入院して縛られるようなことはないのかもしれない、と甘い期待をした。龍二も「手が離れた」し、仕事を辞めても年金で食べていかれると思うと、秀一にはもう働く意味が見いだせなかった。だから定年前に退職しようかと考えはじめた。この年、龍二は休み休みデイケアセンターに通っていた。

年末近くになった十二月十四日、龍二がまた実家に夕食を食べにこなくなった。

またもや躁が始まったか。龍二が実家で夕食を食べなくなると危険信号だ。

年末になるといつもおかしくなる。しかし、秀一はもう龍二のことを気にするのはやめようと思った。四十年のあいだ龍二のためにやれることはすべてやり尽くした。龍二がどう暴れようと、入院しようと、どうなろうと、もう知ったことではない。もう手に負えないのだ。どうこうするのも限界だ。どうすることもできないのだ。龍二に自分でなんとかしてもらうほかない。勝手にやってくれ。これ以上は無理だ。龍二はもう体力的に老人だから以前のような若者のような派手な行動はできるはずがない。内臓も免疫力も弱っている。もう暴れたりできない。入院するほどにはならないだろう。

龍二の躁が始まって一週間以上経った。秀一が龍二に食事にくるよう声をかけると、龍二は言った。

「僕はもう自分の力でやっていくことにしたから。もう誰の世話にもならない。今回はひどくならないんだよ。入院するようなことにはならない」

秀一は、龍二の言葉とは裏腹に、確かに高揚していると感じた。その状態は年末まで続き、年が明けた。

二〇一七年一月、龍二の躁は相変わらず続いていた。

秀一はこのころ、龍二のことばかりでなく、すべてに気力がなくなっていた。

京子が龍二に金を渡すために二階からよろよろと下りてきた。

「龍二、このお金は大事に使うんだよ。いまは二千円しかないんだよ。もうお母さんもお金がないから、秀一から借りてるんだからね。ちゃんとご飯を食べなきゃ駄目だよ」

「わかったよ。これっぽっちじゃ何も食えないじゃないか。僕だって友達とのつきあいがあるんだから。おごってやらなきゃいけないのに」

こうして龍二は、もうすぐ九十歳にもなろうという母親を脅して毎日千円、二千円と持っていった。龍二は躁のときはものすごい量を食べる。誰もいないときに龍二が実家にやってきて、ハヤシライスを二人分、そのうえにレーズンパン、最中《もなか》、チョコレート、サラダ、煎餅《せんべい》などを闇雲《やみくも》に食べた。

秀一は、以前から医師やデイケアセンター相談員が勧めてくれているように、龍二と秀一の世帯は別にしなければいけないと考えはじめた。遅かれ早かれ、いずれはそうなるのだ。

龍二の躁は日ごとにだんだんひどくなってきた。京子が秀一に言った。

「龍二がひどいことを言うんだよ。もう死んでやるって。もうお前だけが頼りだからね」

「僕にだってもう龍二の面倒はみきれないよ。僕ももう六十四歳なんだからね。僕は龍二が暴れたら、僕の腕力じゃ敵わないから、それを抑えるためにスタンガンを買おうかと思ってる。高圧電流を流して、気絶させる」

「秀一、そんな馬鹿なことを言うんじゃないよ」

「だって、それしか龍二を止めることができないでしょ。それじゃあ、いつまでも今のままでいるの？」

秀一と京子の話はいつも堂々巡りだった。龍二の躁がさらに極まってきて秀一は気分が悪かった。京子にひっきりなしに外から電話をかけてきて脅した。しかし秀一にはもうどうすることもできなかった。放置するしかない。もうこれ以上何もできない。最後には警察のお世話になるしかないだろう。秀一は自分の人生最後の貴重な時間を龍二の狂気などに台無しにされたくないとしきりに思った。今までそのような気持ちになったことは一度もなかった。

京子に介護が必要となってきたので、秀一は京子担当のケアマネと相談し、京子を老人ホームに入れることにした。これが京子を地獄から解放させるという流れにもなった。龍二にはもちろん京子の居場所を知らせず、京子と龍二を永遠に引き離すのが一番いいということになった。

秀一は、龍二担当の主治医からも龍二は母親と離れた生活をしなければならないということを何度も今まで言われていたのだが、京子本人が嫌がるので、それがどうしてもできなかった。その方法も思いつかなかった。考えてみれば、脅迫すればいくらでもお金を捻《ひね》り出せるという相手がいれば、これは龍二にとっても良いはずはない。いくら躁になってもどこかで多少の理性が働いているので、金の出所がないとなれば考えるはずであった。親子というのはどうしようもない依存関係にあって、親は子供に金を渡し自分自身も安心する。それが子供にとって悪いことだと分かっていてもどうしても親は止めることができないのだ。逆にいえば、そうでなければ子供を無償で何の見返りもなく育てることもできないのだろう。

秀一は、京子が老人ホームに入ったあと、京子が洋裁で使っていた仕事場を調べてみた。龍二が京子に書いた「身代金はもらった」と書いてあるメモがしまってあった。躁のときの龍二特有の、冗談とも狂気ともつかない表現だ。京子が金を袋に入れて仕事場に置いておき、龍二がメモを残してその金を持っていく。それを繰り返していたのだ。

二〇一七年二月一日はことのほか寒かった。龍二が秀一の書斎に突然来て言った。

「書斎の窓が開いていると寒くてたまらないから閉めてくれよ、嫌ならいい」

秀一にそれだけ言い捨てて出ていった。秀一の書斎の窓を開けておくと、どうして龍二のアパートの部屋が寒くなるのか、実に奇妙なことを思いつくものだ。龍二の躁はかなり進んでいた。かれは幽霊のように頬がこけ、鬼気迫る顔つきをしていた。

秀一は、この日初めて、京子が施設に入ってもう二度と帰ってこないと龍二に伝えた。これが龍二と京子の今生《こんじょう》の別れだった。というのは、龍二には京子の入居施設の住所を決して教えないことにしたからだ。教えたが最後、躁になったとき必ずその施設に行って京子から金をむしり取ろうとするだろう。そして施設の職員に暴言を吐いて迷惑をかけるだろう。そんなことは避けなければならない。龍二が正常なときはいいが、龍二の躁うつは死ぬまで治らないだろうから、必ずいつか躁転して京子の施設に押しかけ、そこの職員に多大な迷惑をかけることは必定《ひつじょう》だ。

　京子が老人ホームに入って、これで龍二はもう金をせびる相手はいなくなった。秀一は今回の龍二の躁でもう覚悟を決めていた。龍二が行き着くところまで行くのを見ているほかない。誰かに暴力を振るうかもしれないし、警察の世話になるかもしれないし、それでももうどうしようもない。もう疲れた。これ以上龍二の面倒をみることはできない。無責任と言われようが、長男の責任を放棄したと言われようが、もうどうしようもない。

　秀一が様子を見にいくと、龍二は朝から自分のアパートを出たり入ったりしていた。勢いよく出ていったと思うとすぐに戻ってくる。秀一はもう龍二に好きにしてもらいたいと思っていた。龍二は入院して強い薬を飲まされるしか躁を抑える方法はない。入院は自分でやってもらうしかない。秀一は龍二を説得して入院させることに疲れ切っていた。龍二には金も全くないし、食べ物もない。だからといって秀一は全く同情などする気になれなかった。

　秀一が思うに、龍二と京子の関係は傷つけ合う母子関係だった。京子は出来の悪い子供がかわいそうでつい金をあげてしまう。龍二は京子から脅迫するように金を巻き上げる。このままではこのお互いを駄目にする関係がどこまで行っても変わらない。二人を引き離すことによって二人が幸せになる。京子も八十九歳なのだ。もう安心した幸せな暮らしを老人ホームで送る権利がある。長い人生を闘ってきたのだ。

　龍二も金の出所がもうないのだから、躁になったところで自分でなんとかしなければいけないと思うだろう。四十年も格闘してきたのだ。秀一はもう解放されたいと思った。

秀一はデイケアセンター相談員に電話した。そして京子が老人ホームに入ったことを報告した。そして最近の龍二の躁についても細かく報告した。

二月三日、龍二が実家にやってきて、玄関の外で秀一に言った。

「食べるものがないから家に入れて」

「ああ」

「食べるものがないんだよ」

「そうかい」

秀一は口からまともな言葉が出なかった。龍二は「ありがとう」と言って家の中へ入ると冷蔵庫を開けて、食べ物を袋にごっそり詰めて帰っていった。

翌日、龍二がすごいことが起こったと言って入ってきたので何事かと思った。

「精神病患者の雑誌に僕の文章が載って二千円もらったんだよ」

「……」

「僕の病気を体験談として書いたんだよ」

その翌日も龍二は実家に食べ物を取りにきた。龍二は実家の周りに打ち水をしたり、裕美に、「この飴《あめ》と手紙を施設にいるおばあちゃんに届けてくれない？」と言って袋を渡したり、そのまた翌日も黙って実家の食べ物を持っていったりした。

結果として龍二と京子を引き離したのは良かった。秀一は遅かれ早かれそうなるのだから、どうしてもっと早くそうしなかったのかと思った。まだ体力があるうちにできることをすべきだと考えた。

二月六日、龍二は実家にやってきて、京子の仕事場を家探ししていた。何か京子の置き手紙でもあると思ったのか、あるいは京子が金をどこかに隠していると思ったのか、探し回っていた。そして何も見つからないとわかると、再び実家から食料をどっさり持って帰っていった。金が一銭もないし、無心する相手もいないので、実家に食べ物をもらいに来るほかないのだ。

翌日、とうとう龍二が朝早くやってきて、早苗に言った。

「明日入院するから五千円貸してくれないかな」

「なんでそんなに要るの？」

「じゃあ三千円でいいよ」

「いま千円しかないよ」

「ありがとう。このうどんは賞味期限が切れているから駄目かな」龍二は冷蔵庫から食べ物を出しながら早苗に言った。

「さあね」

二月八日、秀一は龍二のアパートに行って外から様子をうかがってみた。龍二は同病の友達とした話を機械に録音し、その録音を聞いていた。意味のない不思議なことをするものだ。そのうち龍二は実家の方へ袋を持って歩いていったが、早苗が家に鍵をかけて急いで仕事に出かけるところだった。龍二は食料を取りにいったのだろう。

「鍵を開けてよ」

「もう仕事に行くから駄目よ」

「なんだよ。開けろよ。この暇人《ひまじん》！」

そんなやりとりがあったことを早苗から後で聞かされた秀一は、その翌日、最終手段として、家を閉め切って居留守を使うことにした。そうすれば龍二は入ってこられない。龍二が飢えようが死のうがもう知ったことではない。龍二は「明日入院する」と言って早苗から金をもらっていたのに昨日病院に行かなかった。それなのに今日また金をもらいにきた。実家に入れないとわかって自分のアパートへ戻っていった。秀一はそっと龍二のアパートへ様子を見にいった。龍二はしぶしぶ岩田医師に自ら電話し、入院の手続きをとっていた。「先生、疲れてきたので入院しようと思います。でも周りの人全員が入院しても僕は入院しません」などと支離滅裂なことを言っていた。

次の日――二月十日、朝になって秀一は息を潜めて二階の雨戸を細めに開けて龍二が来るのではないかと外を見ていた。秀一が龍二のアパートまで様子を見にいくと、アパートの前に、龍二が呼んだタクシーが待っていた。龍二はようやく本当に入院する気になったのだ。しかし龍二はいつまでたってもアパートから出てこなかった。タクシーの運転手はイライラして車から出たり入ったりしていた。

龍二はタクシーを待たせたまま実家に来て呼び鈴を鳴らしたが、応答がないのであきらめて、三十分も待たせたタクシーに乗って九時半ごろ出発した。

龍二がいなくなったあと、秀一は龍二がいたアパートの部屋に行ってつけっぱなしになっていた電気器具のプラグをすべて抜いた。龍二の部屋の水回り、風呂場、トイレ、洗濯場といったところの傷みがひどかった。服や雑誌や布切れなどが所狭しと散乱していた。

そのときすずかけ病院から秀一の携帯電話に連絡があった。

「もしもし、すずかけ病院の看護師ですが、龍二さんの入院手続きが無事に終わって、いま病棟に入ったところです。伝言があるんですが、龍二さんはタクシーの運転手にタクシー代の代わりに健康保険証を渡したそうです。お兄さんがタクシー代を払って健康保険証を取り戻してください、とのことです」

「わかりました。ありがとうございます」

龍二は結局は独力で入院した。秀一は龍二の躁が死ぬまで治らないのだと今になってわかった。今回、京子が老人ホームに入って家にいなくなったことで、いろいろなことが見えてきた。秀一は龍二をこのまま家には帰さないことを決意した。秀一はもう自分で限界までやったので、あとは病院か、もし龍二が入れるような施設があればそこのお世話になることに決めた。これまでは京子がいたから、秀一も龍二を見放すことができなかった。秀一は龍二を施設に入れて二度と家に戻ってきてほしくないと思ったことが何度もあった。しかし、龍二が躁になってあちこち迷惑をかけても、京子がなんとか金で解決し、尻ぬぐいしてしまった。龍二を施設に入れるのは京子が許さなかった。だが、その京子も今は家にはいなくなった。

すずかけ病院は龍二が入れる施設をできるだけ探してみると言ってくれた。あるいは死ぬまで入院できるような病院を紹介してもらうことができるはずだ。秀一はこのときフランスの詩人・外交官ポール・クローデルのことを思い出した。クローデルの姉カミーユは彫刻家ロダンの愛人となったが、のちに精神を病み一生を精神病院で過ごした。この弟のポール以外は誰もカミーユが死ぬまで一人として面会に来なかった。もし龍二が施設に入ったり、一生涯を病院で過ごすことになったりしたら、ポール・クローデルのように兄弟の秀一しか会いにいく人はいないことは明らかだった。

いくら龍二が病気だからしたことだといっても、四十年のあいだ恨み辛《つら》みだけが秀一の心のなかに積もった。ポール・クローデルの姉が一生精神病院で過ごして死んだとしても、本人にとっても、周囲にとっても、社会にとっても、そのほうがよかったと秀一は思った。龍二の場合は四十年間でどれだけの人を傷つけ、どれだけの無駄な金を使ったか。施設か病院に一生入っていたほうが本人のためにも世間のためにも家族のためにもよかったのだ。

毎度のことだが、龍二が入院したあと、それまでに龍二があちこち発注しまくった物が届きはじめた。それをキャンセルするのも一苦労だった。龍二が電話で注文した服、通信教育講座の教科書、新聞、雑誌、ファミリーレストランでツケによって食事した請求書、衛星放送の請求書が次々と届いた。龍二が躁になってからは複数の女性にストーカーのような行為をし、女性たちへの龍二の手紙は受け取り拒否をされ、それが何通も実家に戻ってきた。龍二が女性に宛てた手紙のうちの一通にはこう書いてあった。

「僕は香澄と一緒に暮らすつもりだから、これからすぐ病院を退院して車を借りてどこかへ行こう。僕の家族はみんな頭がおかしいから死ねばいい。僕はお金がいくらでもあるから何も心配ないよ。お金は自然と手に入るもんだなあ」

龍二が自分で入院することができたとしても、この入院後の後始末をできなくなったら、結局は社会に多大な迷惑をかけると秀一は考えた。秀一も六十四歳となって高齢化し、その現実は刻々と迫っていた。秀一には、龍二が入院したあとも、いないはずの龍二が咳《せき》をしている声が幻聴として聞こえた。

二月十六日、携帯電話の代金を三月十一日までに払わないと契約解除するか、法的手続きを取るという手紙が来た。この携帯電話会社を契約解除されると、龍二はもう二度と携帯電話を持つことができなくなる。それはむしろ秀一には大歓迎で、今まで龍二に電話を持たせておいたことが間違いだったのだ。躁になったとき電話一本で何でも注文できるし、誰にでも迷惑な電話をかけることができる。躁うつの龍二が電話を持ってはいけないのだ。

三月十七日、秀一はすずかけ病院へ行き、岩田医師が転勤したため龍二の新たな担当医となった田崎《たざき》医師と、相談員と、秀一の三人で、龍二の今後について話し合った。秀一は田崎医師に言った。

「先生、私にはもう龍二を世話する力がないんですよ。病院で一生面倒みてもらえないんでしょうか」

「お兄さん、病院では三カ月以上入院することはできないんですよ」

「先生、では龍二のような病気の人間を預かってくれる施設はないんでしょうか」

「そういう施設はあります。グループホームというのですが、そういう施設を探してみましょう」

事前に秀一は窮状を訴える長い手紙を相談員に送っておいたので、相談員と田崎医師は共にこれを読んでくれていた。医師と相談員は龍二の退院後、自宅帰宅ではなく、グループホームを探すという結論を出しているようだった。しかし本人の希望もあるだろうからと、やがて龍二も加えて四人で話した。龍二は一カ月ほどの入院で正常に戻っていた。

医師が龍二に尋ねた。

「龍二さんの希望としては、退院したあと、どのようにしたいですか」

「また家に帰りたいという気持ちもありますけど、あにきの奥さんがもう僕の食事の世話はしないと言っているんですよ。病院の近くにあるアパートに一人暮らしをすることも考えましたが、それは何度も経験して駄目でしたから、グループホームに入るしかないようですね」

龍二はすでに退院後はグループホームを探すという結論に相談員と医師によって誘導されていた。秀一はそのときに医師が持っていた龍二のカルテをちらりと盗み見た。すると、カルテの一番下の欄「退院後の行き先」に「自宅不可」と書いてあったのを見た。秀一はこのときに四十年間で初めて龍二の退院後に引き取りを拒否できるということを知った。いや、以前聞いたことがあったが、そのときは拒否できなかった。龍二の躁がおさまれば退院し、自動的に実家近くのアパートに戻るしかないものと頭から思い込んでいた。家族は患者の引き取りを拒否することができるのである。

三月二十七日、すずかけ病院の相談員から秀一に電話があった。

「さいたま市に『なぎさ荘』というグループホームが一つ見つかりました。龍二さんご本人もそこに入ることを納得しています。ただ、作業所に通って単純作業の仕事をすることが条件です」

「そうですか。私ももちろん賛成です」

秀一にとってこれは大ニュースであった。龍二がこのグループホームに入居が決まったら、生涯で初めて龍二の狂気と離れて安心して暮らせることになる。秀一は、「闇のトンネルには必ず出口がある」「夜明け前が一番暗い」という格言は確かにそのとおりだと思った。秀一は死ぬまで龍二の躁と闘わなければならないものと思っていたので、なんだか狐につままれたような気持ちになった。

五月十六日、秀一は久喜すずかけ病院に行って、相談員から龍二が入居する予定のグループホームなぎさ荘の行き先を教えてもらい、龍二をそこまで連れていき、その施設長と三人で話した。

「お兄さん、龍二さんはおとなしい人なので、このグループホームでもうまくやっていくことができると思いますよ」

「いや、施設長さん、すずかけ病院から聞いていると思いますが、龍二は躁になると手がつけられない状態になるんですよ。いまはおとなしくて実にいいんですが」

「そうなんです。僕の病気は自分でもよくわからないんですよ。あにきにはこれ以上迷惑をかけられないのでよろしくお願いします」と龍二。

「龍二さん、このグループホームはそういう人もいますから大丈夫ですよ。ここは知的障害者と統合失調症、躁うつの精神障害者が共同で暮らしているんです。ただ、このグループホームは仕事をすることが条件になっています。隣の作業所でボールペンの組み立てとか、小学生向けの雑誌付録の袋詰めのような、どちらかといえば単純な作業ですけど、一日六時間くらいの作業をしてもらいます」

「施設長さん、僕は単純な作業は慣れていますから大丈夫です。実は、去年の二月から十月までマクドナルドで日曜日のみの深夜勤務のアルバイトをしたんですが、十一月に躁になっちゃったんです。こういう仕事は普通の人なら難なくこなせる仕事なんでしょうけど、僕には無理なんです。あまり刺激がない単純作業のほうが僕には向いてます」

施設長は、龍二と秀一を、住まいとなるアパートまで連れていった。部屋の広さは六畳ほどだった。三食付きで、光熱費も含めて家賃込みで一カ月十二万円ほどだった。秀一は、果たして龍二はこの施設に入ったあと長続きするのだろうかといぶかった。問題は龍二の躁だ。秀一は施設長に龍二が躁になったときが問題だと繰り返し言った。施設長はこのなぎさ荘は普通のアパートとなんら変わりなく、ここで出入りも外出も自由にして暮らすようになっていると言った。秀一はこの言葉に少し不安を感じた。

六月十三日、なぎさ荘で、施設長、すずかけ病院相談員、自立支援センター相談員、龍二、秀一の五人で話し合った。この自立支援センター相談員は、生活保護を申請しましょうと提案し、さらに龍二がグループホームに入居するときまでにはなんとか間に合わせましょうと言ってくれた。秀一は、生活保護というのはそれほど簡単に取れるものなのだろうかと少し驚いたが、この相談員が言うにはグループホーム入居はすなわち生活保護を受けないと生きていかれないということだから、受給許可の可能性が高いということだった。

その二週間ほどのち、秀一は龍二を区役所の支援課に連れていき、生活保護を申請した。そこでは家族構成、入院歴、病歴、職歴、体調など、龍二の過去についてありとあらゆることを二時間ほど聞かれた。そこで秀一が知って驚いたのは、生活保護を受けると医療費が無料になるということだった。これで入院費も無料になる。このとき龍二はまだ携帯電話を持つことにこだわっていたが、龍二にとって、特に躁転したときの携帯電話など百害あって一利なしなので、秀一はきっぱりと断った。

七月十一日、秀一は龍二を入院していたすずかけ病院からなぎさ荘に移した。衣類やテレビや机などは引越し業者が運んだ。そしてなぎさ荘の施設長から秀一に電話がかかってきて、この暑い日本ではエアコンがないと厳しいので、最初からエアコンを入れたほうがよいのではないかと言われた。そこで秀一は電気屋に電話し、もともと龍二の部屋にあったエアコンをグループホームに移設した。移設と設置費用込みで二万三千円かかった。

七月十六日、龍二はとうとうなぎさ荘に入居し生活保護を受けて暮らすようになった。なぎさ荘の施設長は秀一に言った。

「お兄さんは、今まで苦労したぶん、これからは自由に生きてください」

「ありがとうございます。そう言っていただけるとほんとうにありがたいです」

「お兄さん、龍二さんのことは、このなぎさ荘でしっかり見守りますから心配せずに、お兄さんはお兄さんのこれからの人生を楽しんでくださいよ。私たちが少しでもお手伝いができればうれしいです」

秀一は施設長の言葉が身にしみた。この日、神戸の北区で、二十六歳の孫がおじ夫妻と、母親と親戚を包丁と金属バットで殺傷した事件が起こった。犯人は龍二と同じような病気であるにちがいないと秀一は想像した。両親は子供を病院に連れていったり、こうした施設に預けたりして、外部に相談しておけば、そのようなことにならなかったのに、家の中だけの問題にしたからそのような悲劇を招いたのだ、と秀一は思った。龍二もこの犯人と同じように二十六歳の頃はまだ血気盛んで、人を殺しかねない一触即発の状態だった。秀一は、龍二が今までよく誰も怪我《けが》をさせないで来たものだと思った。秀一は、龍二が躁転したあと、家から勤めに出ていくときの気分の悪さ、勤務を終えてから帰宅時に帰りたくないという気持ちが起こった毎日を思い返していた。

秀一が安堵《あんど》の胸をなで下ろしたのも束の間、なぎさ荘に入居してからたった三日後の七月十九日、龍二が、近くのコンビニに行って、一文無しなのにサッカーの雑誌と、テレビ番組の雑誌を手にして、支払いの代わりに店員に秀一の電話番号を伝えて商品を持ち帰った。そこでそのコンビニから秀一に電話がかかってきた。

また、施設長から秀一に電話があって、龍二がなぎさ荘利用者にかなり高圧的に、しかも大声で怒鳴りつづけたという。しかしその後は普通に作業を続けているとのことだった。秀一は龍二が入居して三日でよもや躁転するとは思っていなかったが、いったん躁転すると全くの別人になってしまうから気をつけてくれと施設長に繰り返し念を押した。

その後、龍二が冷蔵庫を必要としているというので秀一は一万七千円の費用をかけて龍二がアパートで使っていたものをなぎさ荘に移設した。そこに施設長から電話がかかり、龍二が煙草を吸っているという。これは躁転の兆候の一つであった。秀一は龍二に一カ月分二万円の雑費を送っておいたが、龍二は家具屋に行ってテーブルを買い、もうすでに使い切っていた。躁の症状の乱費が始まった。

秀一がなぎさ荘にいる龍二を訪れると、龍二の六畳の部屋は足の踏み場もないほど所狭しと物が散乱し、壁には水着姿の女性の写真がいたるところに貼られ、すでに躁状態のとき特有の混沌を呈していた。

龍二は、施設長に言った。

「このグループホームにいると長生きできないですよ」

「いやあ、そんなことないよ」

「こんな汚い部屋で生活して、頭のおかしいやつらと半端な仕事を毎日させられたんじゃ、早死にするに決まってますよ」

「少しずつ慣れていくよ」

「ここは食べ物もろくにないし腹が減ってしょうがないんですよ」

施設長は困惑した表情を浮かべていた。秀一は施設長に申し訳なく、身がすくむ思いだったが、これらの言葉で瞬間的に龍二が躁状態だとわかった。

龍二はなぎさ荘に入居してからすずかけ病院に行って薬をもらってきたと言っていたがそれは嘘だった。病院に行くといって作業を一日休んでいたのだ。秀一は、龍二にとってこのグループホームが人生最後の砦《とりで》だと思っていたが、これも無理だなと悟った。その後、龍二は隣室の利用者に五百円借りたり、この施設で禁じられている物の貸し借りをしたり、次々と問題を起こすのだった。

九月十二日、なぎさ荘の施設長から秀一に電話があった。

「お兄さん、龍二さんが昨夜二時半にファミレスで無銭飲食しましてね、警察に逮捕されたんですよ。龍二さんはファミレスの店員を口汚く罵《ののし》ったとのことです。警察にもひどいことを言ったらしいです。それから、なぎさ荘の別な利用者さんの食事の分も食べてしまったんですよ」

「施設長さん、わかりました。龍二はもう完全に躁に入っているので、もう何を言っても無駄です。もうなぎさ荘に住むことは無理です。躁になるのがあまりにも早いので驚きましたが、たった二カ月しかもちませんでしたね。もう即座に入院させなければなりません」

「そうですね。私も龍二さんが入居したときに話のわかるおとなしい人だったので、これだけ攻撃的になってしまうなんて想像もしていませんでした。ここの職員にも脅迫めいたことを言うので、女性職員が怖がっているんですよ」

「迷惑をおかけしてすみません。私もこれは想像もできませんでした。一年か二年後に躁転してご迷惑をおかけするかと思って心配していたんですが、まさか二カ月とは……」

「でも、お兄さん、よくよく考えてみたら龍二さんが躁転するのも無理ないかもしれませんね。今まで体験したことがない環境に入って、いきなり一人暮らしをしたんですから。このグループホームが合わなかったんですね」

秀一はさっそく龍二の入院の段取りをつけねばならなかった。すずかけ病院の相談員に電話して経緯を説明すると、即座に入院だといって、手続きを進めてくれた。退院してから二カ月で再び病院に逆戻りとは、今までで最短記録だ。龍二はなぎさ荘を退去することになった。それにしても、家から龍二の荷物をこのグループホームに送り、エアコン、冷蔵庫を送り、二カ月分の家賃を払い光熱費を払い、小遣いを送り、実に無駄なことをしたと思った。秀一は引越し費用に使った三十万円がすべて無駄になったと落胆した。

施設長が龍二を説得して、すずかけ病院まで連れていって入院させてくれた。秀一は、龍二が入院したあと、担当の田崎医師と会った。

「先生、まさかたった二カ月で駄目になるとは思いませんでした」

「このグループホームは服薬管理、金銭管理、外出管理をしない施設なので、龍二さんには無理だったんですね。もう少し精神疾患の患者に綿密な対応をしてくれる別なグループホームを探してみます」

普通のアパートと同じようななぎさ荘で龍二が一人暮らしすればどのようなことになるか、病院や医師や相談員はどうして予想できないのか、と秀一は思った。

龍二が入院したあとにいつも起こることが起こった。秀一は、龍二が公立図書館、貸しビデオ屋から借りまくった本やCDなどの返却や延滞料金の支払いに対応しなければならなかった。秀一は龍二が借りた物が部屋のどこにあるかわからないので探し出して返却するのに一苦労だった。浦和の公立図書館で借りた本を紛失したので、龍二は二度とそこから借りることができなくなった。秀一はなぎさ荘近くの新聞販売店と書店に行って、八種類の新聞のキャンセル、十冊の取り寄せた雑誌と書籍のキャンセルをした。

龍二がなぎさ荘の入居に失敗して再び入院し、数カ月経ったとき、すずかけ病院相談員から病院近くのグループホームが新たに見つかったという電話が秀一にかかってきた。今度のグループホームは外出管理、服薬管理、金銭管理をするところだという。


翌年の二〇一八年一月下旬、すずかけ病院が新たなグループホーム「ビリーフ」を紹介してくれた。この二つ目のグループホームは本入居の前に、平日と土日と二度体験入居をするのが条件となっていた。秀一はすずかけ病院からビリーフに龍二を連れていった。龍二は長い間入院していたので運動不足になっているせいか歩くのが遅かった。髪の毛が伸びてぼさぼさになっていて無口だった。

秀一と龍二がビリーフに到着すると、まずは看護師が龍二の熱と血圧と体重を測った。そして看護師が龍二に間違いなく服薬させるために、病院から出された二泊三日分の薬を龍二から受け取った。秀一はこの施設が健康管理と服薬管理を厳格にやってくれることを認識して、安心した。この施設はまだこの一月にできたばかりだった。秀一が係の女性職員に龍二の病歴をざっと話すと、龍二が躁になったときには、連携しているすずかけ病院に入院させると言ってくれた。

それでも、秀一は前回のグループホーム「なぎさ荘」の失敗があるので、この新たなグループホーム「ビリーフ」でも龍二が実際に躁になってみないと本当のところはわからないだろうと疑心暗鬼だった。秀一は、十年ほど前は、医師から躁うつの患者を預かる施設は世界中にスウェーデンに一カ所だけしかないと聞いていたので、こうした躁うつにも対応する施設が日本にもできたことが信じられなかった。ビリーフの施設説明書を読むと、こうした施設が埼玉県に十カ所も新設されているとのことだった。

龍二は二泊三日、平日の体験入居を経験して、再びすずかけ病院に戻っていった。しばらくして、今度は土日を挟んでの体験入居のため、秀一は再び龍二をすずかけ病院からビリーフへ連れていった。

秀一が、龍二に三千円を置いていこうとすると、その金を施設のほうで預かってくれて、職員が預かり証を書いてくれた。秀一はこのことで実際にこの施設が金銭管理をしてくれるのだと理解できた。瞬間的に躁状態となり、持ち金を一瞬にして使い、さらに借金までしてしまう龍二にとって、金銭の問題が一番大きな問題なので、ありがたいことだった。

龍二は再び二泊三日、土日の体験入居を経験してすずかけ病院に戻っていった。

龍二は二度の体験入居について秀一にこう言った。

「体験入居中にコンビニに行ったんだけど、職員の女性が店まで付いてきて、買っていいものといけないものを指示されたよ。鋏《はさみ》とかライターとか買っちゃいけないから」

「それは当然じゃないか。勝手に好きなものを買ってこられるんだったら、今までと何も変わりないことになる」

「外出するときも許可をもらわないと玄関の鍵を開けてくれない」

「そうじゃないと自由に出入りできるから、お前は出たきり帰ってこなくなるだろ」

「少し厳しすぎるよ。何を希望しても、もう少しあとでって言うんだよな」

「当たり前だろ。お前のことをまず施設側が理解しなきゃどこまで許してどこまで不許可にするか判断できないじゃないか」

「もう少し自由があってもよさそうなものだけど。でも食事はうまい。内臓が悪いわけじゃないから、味付けも濃いし病院の食事と比べるとすごくうまいよ」

「それじゃあ気に入ったんだな」

「僕にはここしかないように思う」

三月五日に、龍二は二度の体験入居でグループホーム「ビリーフ」に入居する希望を表明し、ビリーフからも龍二の受け入れが決定した。

その四日後の三月九日、龍二はいよいよビリーフに本入居ということになり、秀一はすずかけ病院からビリーフへ龍二を連れていった。グループホームの職員による手続きが行われた。

「龍二さんの預金通帳、印鑑を預けていただけませんか。それから精神障害者用の保険に加入することが義務になっています。家賃と食費の自動引き落とし手続きをしてください。龍二さんの通帳はグループホームの本部へ送って、必要な金額を月末に本部に申請して、月初めに本部からここへ送られる決まりになっています」

「そんなに厳格に行われるんですか」

「金銭管理はきちんとやらないと一番信用問題に関わりますので」

「そうですか。これは龍二の今までの入院歴と、昨年二カ月で退去させられたグループホームとの経緯をまとめた文書です。社会福祉というものはありがたいものですね。これまで私が抱えてきた苦しみを福祉が引き受けてくれるんですから、いくら感謝してもしきれないですよ」

龍二はビリーフ入居から数カ月経ったがまだ一度も躁になっていなかった。グループホームの職員が、ちょっとした変化も見逃さないよう龍二を見守ってくれて、躁の兆候が少しでも見えたらすずかけ病院に連れていってくれることになっている。

龍二は二カ月に一度、すずかけ病院で医師の診察を受けることになっていて、ビリーフの職員が龍二を病院へ連れていってくれる。秀一は、本来なら通院には家族が付き添っていかねばならないところだろうと思うと申し訳ない気がしてしまうが、ビリーフの職員は、龍二の受診に同席することで病状を医学的に判断する専門家の意見を聞けるからいいのだと言ってくれるので、ありがたかった。二カ月に一度といっても、定期的な診察の付き添いは家族にとってかなりの負担である。六十五歳となった秀一は、年金生活者となり、腰痛と高血圧で外出もままならなくなっていた。遅かれ早かれいずれ自分も施設に入り、龍二の通院の付き添いも間違いなくできなくなるだろうと秀一は思った。

どの病院も混雑しているのだろうが、精神科は特に診察を待つ患者で溢《あふ》れている。龍二がすずかけ病院にかかるようになったとき発行された診察券の番号は一万番台だった。それが二〇一八年の診察券の番号は五万番台になっている。龍二がすずかけ病院で診察を受けはじめた二〇〇二年から二〇一八年までの十六年間に四万人の患者が増えている。すずかけ病院だけでこれだけ患者数が増加するのは、うつ病や神経症などの病気が増えた現代の特徴なのではないか。

そのため待合室は座る場所もない混みようである。二カ月に一度、龍二のすずかけ病院で受ける診察に、秀一が付き添わなければならないということになれば、三時間待って三分といわれる診察までの待合室での待機時間、診療費の支払いまで待つ時間、処方された薬が出てくるのを待つ時間、どれだけ速やかに事が進んだとしても、朝出かけて帰りは夕刻になる。秀一はそう考えると、これを代わりにやってくれるビリーフの職員に足を向けて寝られないと思う。

ビリーフは、夜間も職員が二十四時間体制で見まわっていて、看護師が常駐し、病院で処方された薬を利用者から預かり、利用者が薬を飲んだかどうかを確認してくれる。龍二は躁転すると医師の診察を受けなくなり、したがって薬を飲まなくなる。その点、龍二は薬を確実に服用すれば躁転の危険は少なからず回避できる。

またビリーフは、決して刑務所のように閉じ込めておくのではなく、緩やかな外出管理もしている。玄関の鍵は職員の許可がないと開かない。しかし、部屋の窓は鍵がかかっていないので窓から逃げ出すことはできる。それでも窓から逃げ出していく利用者はいないという。というのは、服薬管理や職員の日常的な注視によって、そこまで精神的に高揚してしまうまでには至らないからだろう。

秀一は、つい数年前まではこれだけの施設は運営できるはずがないと絶望していたが、このような躁うつの患者も引き受けてくれるグループホームは、十年前くらいに日本でも作られはじめたと職員から説明を受けた。日本にもやっとこうした施設が必要だということが理解されてきたのだろう。

龍二は生活保護を受け、経済的にも心配なく、このあらゆる面で日常をきちんと管理されたグループホームでこれからの生涯を送ることになった。これで龍二は天涯孤独になっても生きていかれる。

秀一はいまだに家の戸がバタンと開くと龍二が来たのではないかと思ってはっとするし、大きな声が近所で聞こえると龍二が叫んでいるのではないかと不安になる。しかし、そうした恐怖からやっと逃れて平穏無事な生活を取り戻すことができた。あの何とも言えない不快感を感じる必要のない、何事も起こらない日常ほどありがたいものはない。

秀一は、龍二が生活保護を受け、三食付きで日常生活をじゅうぶん管理された施設で暮らすことができることに心から感謝している。秀一は、これらはすべて税金からまかなわれていることを考えると申し訳ない思いだ。しかし、龍二は近い将来、家族の支えなしで一人で生きていかねばならなくなるのだし、秀一は精神医学の素人ながら四十年間手探りで龍二の躁うつと格闘し、多額の私費を投じて対処してきたことで、許されるのではないかと自己弁護している。

あとがき

躁うつ、あるいは双極性障害は、解離性同一性障害とどう違うかはわからないが、この種の病気は人類の歴史始まって以来、物の怪《もののけ》、狼男《おおかみおとこ》伝説、狐憑《きつねつ》き、悪魔憑依《ひょうい》などとして存在しているようだ。

紀元前五世紀ギリシアの史家ヘロドトスの『歴史』に一年に一度狼になるという記述や、また旧約聖書『ダニエル書』には、ネブカドネザル王が自らを狼であると想像して七年間に及んで苦しむ話がある。ローマ帝国末期にも人が獣化する現象が紹介されている。

日本では、平安中期に成った『源氏物語』のなかの「真木柱の巻」では、髭黒《ひげくろ》の妻（北の方）は実際に躁うつの人をモデルにしているのではないだろうか。北の方は「さるやむごとなき父親王の、いみじうかしづきたてまつり給へる思え、世に軽からず、御かたちなどもいとようおはしける、あやしう、執念き物の怪にわづらひ給ひて、この年頃、人にも似給はず、現心なきをりく多く物し給ひて」とあって、身分は高く世の中から敬われてもいたが、ひどい物の怪がついて、この何年間は狂っているときが多いと描写されている。北の方の乱心は躁状態ではないだろうか。

北の方は「にはかに起き上がりて、大きなる籠の下なりつる火取りを取り寄せて、殿の後ろに寄りて、さといかけたまふほど」と続くが、急に起き上がって、大きな籠の下にあった香炉を取り寄せて夫の殿の後ろに近寄ってさっと灰を浴びせかけなさる、ということで、龍二の説明不可能な躁状態のときの行動とよく似ている。

夫の髭黒は「まことの心ばへのあはれなるを、見ず知らずば、かうまで思ひすべうもなき、けうとさかなと、おもひ居給へり」と言う。夫の髭黒は、物の怪につかれないほんとうの北の方（妻）は愛すべき性質であるのを知っているから我慢ができるが、そうでもなかったら捨てて惜しくない気もすると思っていたという。本書『弟は躁うつ病』のなかの秀一も、龍二に対しての気持ちは髭黒と全く同じだった。

また、十二世紀前半に成った古代説話集『今昔物語』第二巻・第四十話にも狐憑きの話があり、「物託《ものつき》の女、物託《ものつき》て云く、己は狐也、祟《たたり》をなして来《きた》れるに非ず、ただ此所には自ら食物散らふものぞかしと思ひて指臨《さしのぞ》き侍るを以て被召籠《めしとられ》て侍るなり」とある。物の怪が乗り移った女が、私は狐の霊ですと言って、祟りを行うためではなく、食べ物を見に来たら捕まってしまったんですと言う。

さらに西洋でも、狼男の伝説があり、様々な形で語り伝えられている。イギリスでは、善良なジキル氏が自分の発見した薬で悪の権化ハイド氏に変わるという、ロバート・ルイス・スティーヴンスンの『ジキル博士とハイド氏』（一八八六年）という、二重人格を題材にした代表的な小説がある。

少女に取りついた悪魔に神父が挑むアメリカ映画『エクソシスト』（一九七三年）もあった。バチカンには今でも本職の悪魔払いを本業とする神父がいるらしい。これらはすべて躁うつ、あるいは何らかの精神障害の人間をモデルにしたのではないかと想像できる。この躁うつという病気はそれだけ長い歴史を持っており、それだけに治りにくい、いや治らない病気なのではないかと思う。

医師によっては「躁うつ病は、脳の病気である。しかも、脳の病気の中でも、治療法が確立し、原因もわかってきていて、よく治る病気である。脳の変調で症状が出るが、薬によって症状が改善すれば、健康な人と全く変わらぬ生活を送ることができるのだ」（加藤忠史『躁うつ病とつきあう（第三版）』日本評論社、二〇一三年）と言う人もいるが、本書『弟は躁うつ病』の龍二の場合は、薬を飲んでも治らなかったし、薬の服用をしながら社会生活をすることもできなかった。

結局は、龍二はグループホームにお世話になるほかなかった。所詮、医学的に素人である家族が面倒をみるということは無駄だし不可能だ。しかし、龍二の場合、発病して最初の十年は錯乱の意味がわからなかった。さらに病気だということを認識するまでに次の十年が必要だった。家族にとって自分の肉親が精神病であると認めることは辛いことだからなかなか病気であるという最低の事実も認めることができないのだ。さらに家族ができることは病院に入院させるほかないと気がつくまでにもう十年かかり、病院から引き取りを拒否してグループホームに入れるという最終結論に至るまで十年かかって、合計四十年かかっている。

北杜夫・斎藤由香著『パパは楽しい躁うつ病』（新潮文庫、二〇一四年）には、北杜夫の娘が言った言葉として「パパは、なぜか夏になると躁病で元気になってました。株をやったり、英会話をやったり」（六八頁）とあるが、龍二も躁になると必ず英会話を始めたので、躁うつの患者というのはみな同じことをするものなのか。北杜夫が躁状態のときの写真「躁状態のある日。ベッドの上には本や雑誌が散乱している」（六九頁）は龍二が躁になったときの部屋と全く同じだった。斎藤由香が「驚くことに母は父の躁うつ病のことで一度も泣いたり、ふさぎ込んだりしなかった」と書いているが、母親が娘に悩んでいるところを見せたくなかっただけで、どれだけ辛い思いをしたか、何度内緒で目を泣きはらしたことか、娘にはわからなかっただけではないだろうか。

したがって、躁うつをテーマにした文月ふうの漫画『ママは躁うつ病――んでもって娘は統合失調症デス』（星和書店、二〇一三年）には「Happy!（ひゃっほーい♬）躁状態といえばこんなイメージをもたれるが、実際は（うーん落ち着かない、そわそわする）（あーん何も手につかない）声が大きく多弁になる。自分への暴力。自分以外の者への暴力。浪費。怪しい宗教に入信する（先祖の供養で病気は治りますぞ）。エステに入会する。不眠。そして突飛な事を思い立つ（そーだ!!　全身整形しよう!!）。躁がひどければひどいほどその後に来る『うつ』は重い」（五〇―五一頁）という箇所があり、龍二はこの描写とまさしく同じことをした。さらに斎藤由香の言うように「楽しい」というはずはなく、決して「Happy!」などでもなく、躁うつというのはまさに龍二と同じく、本人にとっても家族にとっても辛く陰惨《いんさん》で苦しいものである。

世の中に家族の乱心で悩んでいる方々がいれば、躁うつやなんらかの精神的な病気を疑ってみるべきである。もし躁うつだったら、これは家族では背負いきれない病気だから、即座に病院や専門の医師、あるいは公的機関に相談するほかない。かつて四十年前は精神科にかかる、精神病院に入院する、これらのこと自体がすでに社会的敗残者を意味した時代だった。いまは精神科の受診者も増え、何も恥ずかしいことはなくなった。勇気をふるっていい精神科の病院に相談すべきである。素人の家族が対処しようとするから悲劇が起こるのだ。

参考文献（出版年代順）

ケイ・レッドフィールド ジャミソン（著）、田中啓子（翻訳）『躁うつ病を生きる―わたしはこの残酷で魅惑的な病気を愛せるか？』（新曜社、一九九八年）
中島らも『心が雨漏りする日には』（青春文庫、二〇〇五年）
春日武彦『問題は、躁なんです 正常と異常のあいだ』（光文社新書、二〇〇八年）
加藤忠史『双極性障害―躁うつ病への対処と治療』（ちくま新書、二〇〇九年）
岩橋和彦、深間内文彦、榎本稔『かくれ躁うつ病が増えている―なかなか治らない心の病気』（法研、二〇一〇年）
水島広子『対人関係療法でなおす 双極性障害』（創元社、二〇一〇年）
ジム・フェルプス（著）、荒井秀樹（監修）、本多篤（翻訳）、岩渕愛（翻訳）『「うつ」がいつまでも続くのは、なぜ？―双極Ⅱ型障害と軽微双極性障害を学ぶ』（星和書店、二〇一一年）
加藤忠史『双極性障害 第二版―病態の理解から治療戦略まで』（医学書院、二〇一一年）
加藤忠史（著・編集）、不安抑うつ臨床研究会（編）『躁うつ病はここまでわかった第2版：患者・家族のための双極性障害ガイド』（日本評論社、二〇一二年）
加藤忠史『「双極性障害」ってどんな病気？「躁うつ病」への正しい理解と治療法』（心のお医者さんに聞いてみよう）（大和出版、二〇一二年）
藤臣柊子『躁うつなんです、私。』（ポプラ社、二〇一三年）
内海健『双極Ⅱ型障害という病―改訂版うつ病新時代』（勉誠出版、二〇一三年）
加藤忠史『躁うつ病に挑む』（日本評論社、二〇一三年）
文月ふう、山国英彦『ママは躁うつ病 んでもって娘は統合失調症デス』（星和書店、二〇一三年）

貝谷久宣『よくわかる双極性障害（躁うつ病）』（主婦の友社、二〇一三年）
加藤忠史『躁うつ病とつきあう（第三版）』（日本評論社、二〇一三年）
加藤忠史『双極性障害（躁うつ病）の人の気持ちを考える本』（講談社、二〇一三年）
斎藤由香、北杜夫『パパは楽しい躁うつ病』（新潮文庫、二〇一四年）
まさこん（著）、MBビジネス研究班（著・編集）『双極性障害からの社会・職場復帰。無理をしないで少しずつ、少しずつ。』（まんがびと、二〇一五年）
エレン・フランク（著）、阿部又一郎（監修・翻訳）、大賀健太郎（監修・翻訳）『双極性障害の対人関係社会リズム療法 臨床家とクライアントのための実践ガイド』（星和書店、二〇一六年）
加藤伸輔『双極性障がい（躁うつ病）と共に生きる 病と上手につき合い幸せで楽しい人生をおくるコツ』（星和書店、二〇一六年）
星野良輔（著）、イケダハヤト（編）『「私は躁うつ病かも?」と思うあなたへ伝えたいこと：双極性障害を抱えて生きる』（イケハヤ書房、二〇一六年）
ルース・C・ホワイト（著）、ジョン・D・プレストン（著）、佐々木淳（翻訳）『双極性障害のための認知行動療法ポケットガイド』（金剛出版、二〇一六年）
モニカ・ラミレッツ・バスコ（著）、野村総一郎（翻訳）『バイポーラー（双極性障害）ワークブック』第二版（星和書店、二〇一六年）
野村総一郎『新版 双極性障害のことがよくわかる本』（講談社、二〇一七年）
細川大雅『対話で学ぶ精神医学入門：躁うつ病：——コメディカル・学生のために』（医療コミュニケーションセンター、二〇一七年）

著者

木内　徹（きうち　とおる）

1953年、東京生まれ。東京の私立大学大学院を修了ののち、埼玉県の公立高校教諭、さらに名古屋の私立女子大学や都内の私立大学で英語を教える。

弟は躁うつ病
――双極性障害四十年の記録――

2020年1月18日　初版第1刷発行

著　者　木内　徹
発行者　石澤雄司
発行所　株式会社 星和書店
〒168-0074　東京都杉並区上高井戸1-2-5
電話　03（3329）0031（営業部）／03（3329）0033（編集部）
FAX　03（5374）7186（営業部）／03（5374）7185（編集部）
http://www.seiwa-pb.co.jp
印刷・製本　中央精版印刷株式会社

　ISBN978-4-7911-1041-4

双極性障害の診かたと治しかた
科学的根拠に基づく入門書
寺尾岳 著
A5判 104頁 定価：本体一、八〇〇円＋税

双極性障害の対人関係社会リズム療法
E・フランク 著
阿部又一郎 監訳 大賀健太郎 監修
A5判 384頁 定価：本体三、五〇〇円＋税

バイポーラー（双極性障害）ワークブック 第2版
M・R・バスコ 著 野村総一郎 訳
A5判 352頁 定価：本体二、八〇〇円＋税

双極性障がい（躁うつ病）と共に生きる
加藤伸輔 著
四六判 208頁 定価：本体一、五〇〇円＋税

ママは躁うつ病 んでもって娘は統合失調症デス
文月ふう 著
四六判 272頁 定価：本体一、六〇〇円＋税

躁うつ夫婦
二人そろって双極性障害
リョコモコ 著
A5判 144頁 定価：本体一、二〇〇円＋税

発行：星和書店 http://www.seiwa-pb.co.jp